Franziska König

Ein in die Ecke gestelltes Leben

Der schlanke

Roman des Monats

Oktober

Für Dich!

© Oktober 2024 von Franziska König
Cover: Kunstvolles Gemälde von Erika König
Covergestaltung: Franziska König & Agentur Baumfalk Aurich
Verlag: BoD · Books on Demand GmbH, In de Tarpen 42,
22848 Norderstedt
Druck: Libri Plureos GmbH, Friedensallee 273, 22763 Hamburg
ISBN: 978-3-7693-0132-8

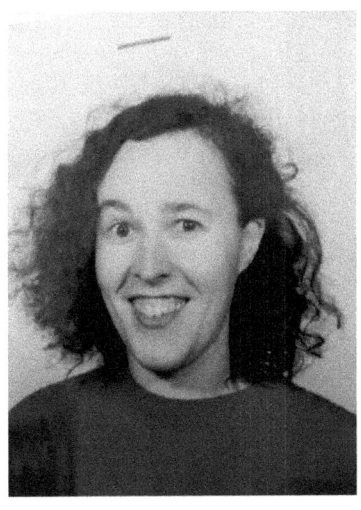

Franziska (Kika) im Jahre 1998
in einem Fotomaton in Wien

Aus dem Leben einer Geigerin

Unser Leben währet 840 Monate und wenn es hoch kommt, so sind´s 960.
Monate, die sich im Nachhinein in schlanke bis vollschlanke Romane verwandeln.

Willst Du mich einen Monat lang begleiten?

Die meisten Vorkömmlinge
finden sich im Personenverzeichnis
am Ende des Buch

Hier die Familie vorweg:

Opa, Dichter, Denker und Rentner in Österreich (*1909)
Oma Mobbl, Pianistin und Ehefrau des Vorhergehenden (*1910)
(Die Großeltern mütterlicherseits)
Oma Ella, Großmutter väterlicherseits in Grebenstein (*1913)
Buz (Wolfram), unser Papa (*1938) Professor für Violine an der Musikhochschule in Trossingen
Rehlein (Erika), unsere Mutter (*1939)
Ming (Iwan), mein Bruder (*1964)
Lindalein, (*1973) unsere Kusine aus Amerika, die von 1997 bis Anfang 2000 bei uns in Europa lebte

Ein Buch ohne Vorwort.
Du kannst gleich anfangen zu lesen…

Oktober 1998

Donnerstag, 1. Oktober
Trossingen

Meist versüppelt oder verhangen.
Gegen Abend leichte Wetterbesserung

Beim Ankleiden am Morgen dachte ich über meine Freundin Mireille in Frankfurt nach: Ständig macht sie aus einer Mücke einen Elefanten und zerbröselt alles, was man in jugendlichem Schwung in Angriff nehmen sollte, mit zersetzenden Worten.

Unlängst hatte ich ihr die höfliche Anfrage einer Familie aus Ostfriesland überbracht:

Ob sie gewillt sei, einen ganz lieben und unauffälligen 13-jährigen Jüngling eine Woche lang in ihrer unbewohnten Wohnung in Trossingen logieren zu lassen? Er säße immer nur ganz unauffällig in der Ecke, liest in seinen Heldenromanen, und bereite keinerlei Mühe. Daraufhin zeigte sich auf Mireilles Gesicht eine ganze Palette an Verzweiflungsnuancen: Besonders die Bekümmerung darüber unhöflich sein zu müssen überzog ihre Miene wie ein Schatten und beraubte Mund und Nase ihrer natürlichen Form. Ober- und Unterlippe versanken ineinander und verkeilten sich zu einem welligen Gebilde, während sich die Nase ein wenig in die Höhe kräuselte, als hielte ihr jemand ein Döschen mit Nießpulver darunter.

„Ich möchte nicht direkt absagen....", sagte sie somit indirekt ab.

Nach dem Frühstück lief ich durch den Park und begegnete Tonmeister Rost, der mir berichten konnte, daß er gestern eine Aufnahme mit dem Kürscher-Quartett begonnen hat. Es dauerte jedoch nicht lang, und das junge Streichquartett geriet in Zank.

Der Meinung des versierten Tonmeisters zufolge handelte es sich um einen Zank jener Art, der die Vermutung nach sich zieht, dies sei wohl erst der Anfang einer langen Kette an Sitzungen, die schließlich in einen Dauerzwist münden, in dessen Verlauf die Arbeit vorzeitig und verärgert beendet wird. Dererlei ist der brave Tonmeister gewöhnt: Er setzt sich ins Tonstudio, die Musiker nehmen auf der Bühne Platz, packen eine unfertige Arbeit aus und hoffen auf ein Wunder. Man setzt sich ein Monokel auf die Ohren, durch das einem keine Nuance mehr entgeht, fühlt sich wie auf Eiern und wird aggressiv.

Nun aber hat sich das aus vier ungaren Jünglingen bestehende Quartett beim Geigenbauer Leubner eingenistet. *Na, dessen Frau wird schäumen!* Dies dachte ich - sagte aber nichts.

Nach etwa drei Tagen, wenn der Gast zu stinken beginnt, klopft Frau Leubner vorsichtig auf den Busch, wie lang die

Herrschaften wohl noch zu bleiben gedächten, und der Bratscher sagt: „Mir saan no net amoi mit dem ersten Satz durch!" Wir sind noch nicht einmal mit dem ersten Satz durch *Wobei das „rch" von „durch", der Tiroler Mundart zufolge, wie das harte Räuspern eines Greises klingt, der ausspucken möchte.*

Durch das trübe Wetter trugen mich meine Füße Richtung Supermarkt. Ich nahm mir Herrn Ahrends zum Vorbild, und die Mireille wiederum nahm ich mir zum Vorbild dessen, wie ich nicht sein möchte.

Herr Ahrends nimmt sich Großes vor: Mit aufgepumpten Muskeln schiebt er jeden Knüppel, den ihm böse Hände in den Weg geworfen haben beiseite, und schreitet stolz und erhobenen Hauptes seinem Ziel entgegen. Die Mireille wiederum tendiert dazu, auch Kleinigkeiten zu unlösbaren Problemen aufzubauschen.

Nachdem ich diesen Gedanken zuende gedacht hatte, war ich schon beinah am Supermarktsportal angekommen, doch es langte noch für einen kleinen Seitengedanken - scheinbar völlig losgelöst von den vorherigen: Daß man der Hilde raten müsse, „des Fischers Fru" in sich niederzuknüppeln. Anhand dieser Geschichte erfährt man schließlich, was sich daraus erwächst. Die Hilde wünscht klare Verhältnisse: daß Buz sie heiratet und Rehlein für immer und ewig aus seinen Gedanken verbannt, als habe es sie nie gegeben. Dann wünscht sie sich Kinder, und diese Kinder sollten sportlich *und* musikalisch sein, wobei ihr das Sportliche eine Spur wichtiger ist als das Musikalische. Unsportlichkeit ist für sie das Allerschlimmste überhaupt.

Buz wiederum solle weltberühmt und steinreich werden, so daß die Hilde ihren Pisspottberuf der Klavierlehrerin an den Nagel hängen darf. Sie kauft sich prächtige Garderoben und repräsentiert neben dem großen Geiger - und alle sind sich einig: Sein Ruhm ist einzig und allein auf die starke Frau an seiner Seite zurückzuführen.

Dann wünscht sie mit Buz nach Beverly Hills oder Malibu zu ziehen, und ihr altes Leben ganz und gar und für immer hinter sich zu lassen.

Na, die Liste ließe sich noch endlos fortführen, nun aber war ich im Supermarktsfoyer angelangt und griff mir einen Einkaufswagen, den ich stolz durch die Reihen schob.

Buzens Erbmasse in mir trat zutage, und bevor ich damit begann, den Einkaufswagen zu füllen, schmökerte ich noch ein wenig in den Illustrierten. Der *Stern* hatte ein entlegenes Thema aufgegriffen: Die Hundertjährigen! In Deutschland gäbe es mehr als fünftausend Hundertjährige, die zusammen mehr als 500 000 Schicksalsjahre verkörpern, erfuhren wir Leser.

Natürlich könne man die nicht alle portraitieren, aber die wenigen, die auf den Fotos zu sehen waren, sahen allemal noch nett und brauchbar aus.

(„66 Jahre und keinen Tag älter!" beschmeichelte der weltberühmte Frisör Udo Walz eine 106-jährige Dame, der er soeben eine schicke Frisur auf das Haupt gezaubert hatte)

Daheim widmete ich mich meiner Karriere und dachte darüber nach, daß die meisten Karrierezapfer große Angst vor Frustrierungen haben. Angst hat der Mensch auch davor, anarrogäntelt zu werden. Und doch erkühnte ich mich, die Nummer der wichtigen Konzertagentur Münkwitz in Rostock zu wählen. Natürlich fühlt man da einen leisen Bammel, ob dies nicht „eine Nummer zu groß" sei? Der Angerufene wird von einem auf nichts fußenden und somit lächerlichen Respekt umweht, den man ansonsten vielleicht nur eiligen Dirigenten oder Staatsoberhäuptern entgegenzubringen vermag? Ich aber war mutig und beherzt, und Herr Münkwitz entpuppte sich als ganz normaler netter Herr, der mir gar eine Adresse diktierte. Ich bedachte seine Bemühung mit leicht überhitztem Dank und legte rasch wieder auf, um dem vermeintlich Vielbeschäftigten keine weitere Sekunde seines Zeitgutkabens auf Erden zu klauen.

Frau Kettler hatte mir eine Postkarte geschickt, und interessiert las ich darauf herum. Dürrwörtig wie alle Postkarten des modernen Menschen tönte mir der Text entgegen: „Jetzt beginnt wieder der Tro-Tro!" stand zu lesen, „der Trossinger-Trott" war in Klammern angefügt, und im Geiste formulierte ich - oder auch der Opa in mir - bereits an einem Antwortschreiben herum: „Und bitte schreib mir nicht wieder, daß jetzt der Tro-Tro kommt. Das sind Plattitüden. Nein - ich korrigiere mich: Es ist sehr lustig. Aber nicht lustig genug, um aufgeschrieben zu werden."

Mittags gab´s bei mir mal etwas Anderes: Einen Hochglanzhering mit Zwiebeln und dicken Bohnen, von denen es heißt, daß so manch ein Genießer hernach zuweilen ganze Melodien zusammenfurze, wenn er sich unbelauscht fühlt. Etwas, was aber dann natürlich nicht mehr geht, wenn der kleine Tino auf Besuch ist - und so konnte ich es mit einem Male so gut verstehen, daß die Mireille das Besuchsgesuch abgeschmettert hatte.

Um 16 Uhr joggte ich los.
Auf dem Heimweg besuchte ich die Tankstelle, um mir eine kleine Zwergpackung „Möwenpick Florentiner" zur Teestunde zu gönnen. Ausgerechnet das gab´s aber nicht - ebensowenig wie die sehnsüchtigst erwartete Zeitschrift „Amadeo" (ein Klassikmagazin vom *Stern*, in das ich mich buzesgleich stets gern vertiefe, auch wenn bei Tageslicht betrachtet nichts als Unsinn drinsteht. („Eine spannende Interpretation!"))

Drei Anrüfe linderten meine Einsamkeit am Abend: Buz (nett), Rehlein (nett) und Angelika Homori, meine neue Pianistin aus Ungarn, die am Telefon wie ein quirliger lustiger Backfisch klang.

Freitag, 2. Oktober

Vormittags leicht sonnig.
Mittags hing eine pralle,
giftgraue Wolke am Himmel.
Sie hing einfach da, ohne loszuregnen –
hernach milde Aufklarung

Im Traum *packte ich soeben ein Weihnachtsgeschenk Rehleins aus. Rehlein hatte meine roten Hausschuhe über und über mit bunten Herzchen bestickt und sie mir nun für den Hausgebrauch in Trossingen zusammengebündelt. Außerdem lag ein unglaublich sorgsam gebügeltes zartviolettes T-Hemd für mich dabei. Doch bevor ich mich bedanken konnte* klingelte der Wecker.

Am Vormittag rief mich Herr Hecker aus Braunschweig an, und während des sehr netten Telefonats freute ich mich bereits auf Braunschweig vor. Einen Schrecken galt´s jedoch auch zu verdauen: Die Sonaten von Bartòk und Ysaye, die ich schon beinahe verlernt habe, müssen wieder aufgewärmt werden.

Wenig später rief das süßeste Rehlein an, und ich bedankte mich überschwenglich für die Geschenke im Traum. Rehlein schwärmte begeistert von meiner Sonate in C-Dur, die sich die Eheleute heut zum Frühstück angehört haben. Buz und Rehlein machen sich derzeit Gedanken, ob sie für die Konzerte in Braunschweig und Nürnberg nicht vielleicht ein paar CD-Vorabdrucke in Auftrag geben sollten?

In Aurich sei es kalt, aber wunderschön.

„Es herrscht das „Hoch Jonas"!" sagte ich altklug wie eine Dreijährige, denn ich weiß immer ganz genau, wie das Wetter gerade heißt.

Heut hätte ich einen richtigen Briefschreibenachmittag einlegen müssen, da so viel anstand. Meine Briefabos an Linda und Margarethe... mehrere Leute haben Geburtstag, doch ich fühlte mich nervös, weil mein etwas vernunftsbezogeneres anderes Ich die ganze Zeit an die dringend zu übenden Sonaten von Bartòk und Ysaye denken musste. Kurzzeitig spielte ich sogar mit der Idee, ein Wörkoholiker zu werden, wie der Onkel Eberhard. Hierfür müsste ich mir allerdings vorstellen, der Eberhard zu sein. Dem Eberhard sind die Tage viel zu kurz für all das, was er sich vorzunehmen pflegt, so daß für Briefe an die Verwandten praktisch keine Zeit bleibt.

Einmal war ich kurz in der Hochschule, um den entblößten Dirigenten Seybold als Briefkopf auf mein Briefpapier draufzukopieren.

In meiner Horchweite stand ein russlanddeutscher Pianist und führte Selbstgespräche. Er schien einen Dialog vorzuproben, den er mit einer Dame zu führen gedachte, die er davon zu überzeugen suchte, seine Frau zu werden. Dann gewahrte er mich, trat mit einem Lächeln auf mich zu und erkundigte sich nach seinem Artgenossen Ming, der ja ebenfalls Pianist von Beruf ist.

Wenig später konnte ich dem Herrn beim Kopieren gar mit Rat und Tat zur Seite stehen. Er kopierte ein paar Zeitungsausschnitte über den senilen Tastenhengst Merschanow, einen altersgrämlichen depperten Greisen, der die unerfreuliche, verstaubte Sowjetaura des Kremls in die Hochschule getragen und das Gebäude damit unschön kontaminiert hatte.

Am Nachmittag schrieb ich Herrn Hecker mein Programm auf. Ich schrieb in lockerem Ton und frug sogar fast plump-vertraulich, ob er Verwandte in Aurich habe. Dann unterschrieb ich fast anbiedernd „Viele liebe Grüße! Ihre Franziska K." Also grad umgekehrt wie es gemeinhin gemacht wird: „Gruß F. König". Aber ich dachte mir „er weiß eh, daß ich König heiß", und so rum ist es einfach netter und persönlicher.

Schließlich stürmte ich zum See, und an einer Stelle hat mich ein Spitzohrhund wütend und bös angeblafft. Das kleine Mädchen, das ihn an der Leine hielt, mußte seine ganze Kraft aufbieten, damit der Hund mich nicht anfällt und zerfleischt. Doch weder es noch seine Mutti fanden beschwichtigende Worte für mich, als zu Unrecht Bekläffter.

Am Freitag höre ich derzeit keine bestimmten Kassetten und lasse meine Ohren nach Art der Seele von Ute M. ein wenig baumeln, damit sie sich von der Dramatik der Brahms Symphonien erholen können. Und so hörte ich stattdessen meine Bach-Sonaten an, die wirklich außerordentlich warm gespielt sind. Beim Gespräch mit Anderen mache ich gar keinen Hehl daraus, daß ich die Sonaten genau so spielen würde, wie Bach sie sich gewünscht hätte, denn wer sollte Bach auch besser verstehen, als eine zirka 35-jährige Frau. Ich habe all die wichtigen Elemente mit einbezogen: Seinen Humor, die Fröhlichkeit, die Zärtlichkeit und auch das tiefe Gefühl. Nicht einmal das religiöse Empfinden habe ich außer Acht gelassen.

Samstag, 3. Oktober

Eine Tendenz zu zappeligem,
zum Teil gar intensivem Regen

Geträumt hatte ich, wie meist, äußerst verdrießlich:

Stundenlang hatte ich vergebens nach einem Parkplatz gesucht. Der Tank stand bereits auf Reserve. Schließlich zwängte ich das Auto in eine so enge Nische, daß es an beiden Seiten wüste Schabspuren zu beklagen gab, und die Spiegel hinzu beide abgebrochen waren. Kurz vor der Nische war ich ausgestiegen und hatte das Auto hineingeschoben. Zu bedenken, wie ich da jemals wieder einsteigen könne, hatte ich schlicht vergessen. Ebenso all das, was ich jemals in der Fahrschule erbüffelt hatte.

Am Morgen dachte ich schweißgebadet: „Woooo habe ich jetzt das Auto abgestellt??" Ich war in jenen Tag erwacht, an dem ein lang festgelegtes Konzert mit Ming auf der Agenda stand, von dem ich das Programm noch gar nicht intus hatte. Es handelte sich um das Programm für das Konzert in Oberharmersbach im wahren Leben: *Unter anderem Beethovens dritte Sonate, von der ich den letzten Satz noch gar nicht gekannt habe, und vom zweiten wußte ich noch nicht einmal, was das Klavier am Anfang überhaupt spielt. Trotzdem trug ich mich mit flattrigen Nerven eine Weile lang mit dem Vorsatz, es auf gut Glück auswendig zu spielen herum. Bloß hatte ich den ganzen Tag lang alptraumsartig nie Gelegenheit, die Noten zur Hand zu nehmen, da mir immer etwas dazwischenkam. Am Abend hatte ich mich dann schweren Herzens, beschämt vor mir selber, dazu entschlossen, es doch von Noten zu spielen, obwohl es immer so ungeübt wirkt, wenn ein Geiger von Noten spielt. Dies kommt mir stets so vor, als wolle man einen Kuchen vorzeitig aus der Röhre ziehen, um ihn den Gästen anzubieten. Doch im Inneren findet sich nur kalter Teig.*

Im Künstlerzimmer machte Buz ein paar spöttische Bemerkungen über meine Verpackung, und tatsächlich…ich blickte an mir hinab und stak in einem Hochzeitskleid vom Orientbasar - viel zu eng! Gedacht war es für eine junge Braut mit Wespentaille, und gewiss nicht für eine füllige Geigerin in den allerbesten Jahren. An einer Seite war gar eine Naht aufgeplatzt.

Buz hatte mir eine Geige mitgebracht, doch zu meinem Entsetzen war es die falsche: Eine orangelackierte Geige, der sich nur ein schnarchender Klang entlocken ließ.

Verzweifelt versuchte ich durch hektisches Herumgestreiche den schönst möglichsten Ton hervorzuzaubern, doch meine Bemühungen tönten so, als wolle jemand mit zugehaltener Nase einen schlechten Sänger parodieren. Zwei Saiten waren bereits gänzlich verrostet und gaben nur noch ein Surren von sich: Egal welchen Finger ich aufklappte: Der Ton klang immer gleich, und darüber hinaus handelte es sich um einen Ton, den es überhaupt nicht gibt: Irgendein „Piff" (wie Buz im wahren Leben intonatorisch verunglückte Töne scherzhaft zu bezeichnen pflegt).

Während ich mich erhob, wurde mir klar, daß ich da etwas über meine eigene Situation zusammengeträumt hatte: Nächste Woche die gefürchtete Solosonate von Bartòk, und außerdem die Frage: Wie komme ich nach Täbingen? (Einem sehr ländlich und abseits gelegenen Milchholdorf, wo es gewiss keinen Bahnhof gibt)

Am Vormittag hatte ich eine Menge vor, doch nur *einen* dieser Vorsätze setzte ich glücklich in die Tat um: Die Programme, die mir mein Vetter Hinnerk so rührend vorgestanzt hatte, in der Hochschule zu kopieren.

Dort herrschte heut so eine besonders verstaubte Sowjetaura, weil das senile Tastenfossil Merschanow verabschiedet werden sollte. Hoffentlich schwindet auch dieser trostlose Mief, den er hinterlässt, aus unseren Gemäuern, sobald er weg ist.

In der Stadt erlebte ich mein blaues Wunder: Alle Geschäfte waren geschlossen. Richtig! Es herrschte der Tag der Einheit.

Alle Leute, die ich bezüglich der geplanten Reise nach Täbingen anrief, strahlten so was „Na, i woaß-net" haftes aus. Frau Kröger sagte immerhin: „Wenn alle Stricke reißen..." Vati Kröger hat sich nämlich selbständig gemacht, und nun müssen zwei Büros eingerichtet werden. Eine sehr schöne, aber auch zeitintensive Aufgabe.

Mit Pfarrer Lücht hatte ich mir am Telefon verlegenheitsbedingt leider wenig zu sagen. Er wusste allerdings zu berichten, daß ich in der Zeitung gekommen bin.

Na, erstmal muß ich dort hingelangen. Draußen regnete es dünn aber beharrlich. Ich fühlte mich leicht einsam, so jedoch nicht unbehaglich, und so rief ich Veronikas Papi zu seinem 85. Geburtstag an. Der alte Mann war sehr gerührt, reichte mich aber gleich an seine andere Tochter weiter, mit der man ja wirklich Stunden um Stunden verplaudern könnte, da die Wellenlänge so fantastisch ist. Ich erging mich in einem Philosophat über das Dilemma auf dem Musikmarket. Daß man entweder jung ist - dann hat man zwar Kraft und schnelle Finger und meistert mühelos die schwierigsten musikalischen Bocksprünge - doch was fehlt, das ist die Reife! Andere sind reif und tragen eine sahneweiße Frisur über dem reifen Erfahrungs- und Gedankengut, doch „d´Finger wollöt nümmer!" Die Finger wollen nimmer

„Aber mit dem Computer ist dies alles kein Problem mehr!" schwärmte ich begeistert, weil mir unser Freund Heiko sogar drei Arme auf das Titelblatt meiner CD gezaubert hat, „mit denen es ja praktisch keine Kunst mehr wäre, Doppelgriffe zu spielen", meinte die Tochter.

Eine halbe Stunde später telefonierte ich noch mit der Veronika. Der Zwist mit Schwager Alfonse sei beigelegt.

"Er hat mir einen rührenden Brief geschrieben!" sagte die Veronika hörbar bewegt.

Die meiste Zeit übte ich und die Bartòk Sonate klappte nach nur einem Tag so gut, als hätte ich die Noten nie beiseite gelegt.

Mittags telefonierte ich sehr nett mit der ehemaligen Pianistengattin Frau Wachtenberg, die sich soeben ein wenig fein machte, um der Verabschiedung des alten Tastengauls aus dem Kreml beizuwohnen. Leider war ihr Job in der Hochschule nur von kurzer Dauer gewesen, da es sich um eine Schwangerschaftsvertretung gehandelt hatte, die nun vorbei war. Die burschikose Ehefrau des Celloprofessors ist wieder voll einsatzfähig.

„Da muß man halt warten, bis sie wieder schwanger ist!" sagte ich lose.

„Die wird nicht mehr schwanger!" prophezeite Mutti Wachtenberg, da die Familienplanung bei den Hahmanns nun abgeschlossen sei.

„Aber Herr Hahmann ist doch gewiss sehr vermehrungsfreudig!" wunderte ich mich.

„Da gibt es andere, die das noch besser können!" spielte Frau Wachtenberg auf ihren treulosen Ex an, der dieser Tage wieder Vater wird.

Heute joggte ich bereits um viere rum, weil ich mir vorgenommen hatte, mich in die gemütliche Hochschulcafeteria zu setzen, so lange der alte Sack verabschiedet wird, denn auf Herrn Merschanov habe ich einen Hass. Als der süße Ming mal höflich frug, wann das Zimmer wohl frei sei, sagte das arrogante Sowjetfossil sauertöpfisch zu seinem Schüler: „Einfach ignorieren – weiterspjiiiielen!" und zu Ming sagte er unfreundlich: „Tjure zu – von außen!" Er behandelte Ming, der doch immerhin ein bedeutender Pianist ist, wie einen dümmlichen Erstsemestler, dem man als alter Mann an jeder Ecke eine Kopfnuß verabreichen möchte, wenn keiner hinschaut – als Rache für die vielen ungerechtfertigten Kopfnüsse, die man als Pennäler einst von seinen Lehrern einstecken mußte.

Tatsächlich war es in der Cafeteria so schön ruhig und gemütlich wie lange nicht. Kein einziger Professor war zu sehen; nur ein paar stille und freundliche Asiaten.

Ich überlegte, ob ich die Hilde wohl zum Geburtstag anrufen solle. Ein simples Vorhaben, das auch für Buz Jahr für Jahr eine sehr schwere Entscheidung darstellt. Ich stellte mir vor, wie die Hilde extra für Buz einen Text auf den Anrufbeantworter gesprochen hat, der Buz jedesmal einen

Stich ins Herz gibt. *"Sie sind mit dem Anschluß von Hilde von der Leyen und Mohammed al Fayed verbunden".*

Daß unser süßer Papa davon ganz traurig werden könnte, ist ihr völlig wurst.

Zur Stund hat mich Buz noch gar nicht angerufen, um zum Tag der Einheit zu gratulieren, wie dies sonst seine Art ist. So, als habe er sich aus Kummer und Enttäuschung bereits um sieben Uhr ins Bett begeben. Man sieht die Arroganz verliebter Frauen auch hier: Der Mohr wohnt doch in Köln und die gemeinsame Ansage ergibt somit überhaupt keinen Sinn. Die Hilde will es Buzen „geben" und sich als interessante Beziehungskistenhälfte eines Herrn aus dem Busch hervortun. Mehr steckt nicht dahinter.

Abends geriet ich in Stress, weil ich mir vorgenommen hatte, vier Stunden zu üben. Zwischendrin telefonierte ich noch mit dem Hinnerk, der für mich die Strecke Trossingen - Balingen heraussuchen sollte. Der Hinnerk hatte jedoch Bahlingen mit h eingegeben, und diese Reise wiederum hätte elf Stunden lang gedauert, bloß daß man dann im falschen Ort ausgestiegen wäre.

Sonntag, 4. Oktober
Trossingen - Täbingen - ?

Total verregnet!

Abgesehen davon, daß ich nicht wusste, wie ich in meinen Bestimmungsort „Täbingen" gelange, wusste ich noch viel weniger, wie ich von Täbingen wieder zurückkommen würde. Und somit fühlte sich der Tag zu Beginn so an, als ende die Geschichte hier....

Es kam so, wie ich es im Monat Mai geträumt hatte: Die Oktoberregene hatten eingesetzt.
Zunächst war ich nur mühsam eingeschlafen, dann aber träumte ich doch: *Die Ute jammerte mir die Hucke voll, wie sich das Eheleben mit dem Hubert entwickelt habe und war praktisch untröstlich: Er sei wirklich NIE daheim! Darüber hinaus sei er auch völlig ferienuntauglich. Und dann sei er auch noch abergläubisch! Er bildete sich nämlich ein, es brächte Unglück, wenn man seinen Untermieter morgens aufweckt.*
Ich besuchte ein neu eröffnetes Musik- und Bettengeschäft in Rottweil. (In letzter Zeit mussten sehr viele Geschäfte fusionieren, da sie im unfusionierten Zustand viel zu wenig Gewinn abwarfen)
Dort gab´s schöne Notenständer und frisch bezogene Betten, und während ich mich heimlich in eines davon verkroch, um mich auszuruhen, bimmelte das Ladenglöckchen: Rehlein war´s!
Rehlein als Mutter entdeckte mich sofort. Anstelle einer Begrüßung frug sie streng, ob dies mit den Ladeninhabern so

abgesprochen sei? Daß ich mich einfach in ein Bett verkröche als sei´s bei mir daheim?

Weit und breit sah man keinen Verkäufer blitzen, und Rehlein wollte doch einen längeren Einkaufszettel abarbeiten! Dementsprechend wellte sie ihre schöne Stirn in wachsendem Unmut.

„Hallo?" rief Rehlein, „hallo?" - Dann verschwand sie hinter einer Gardine, und ihre Schritte verhallten nach Art eines Decrescendos ins Nichts....

Im nächsten Traumgebilde *saß ich in einer schönen stuckverzierten Toilette in der alten Musikschule. Doch als ich das Klopapier abzupfen wollte, ließ es sich nicht abzupfen. Das Band an dem ich zog wurde länger und länger....*

Dann wiederum träumte ich in Romanform:

Auf einer von der Sonne warmgebratenen Bank saß ein Herr - eigentümlicherweise trotz des hellen und warmen Sommerwetters in Hut und Mantel steckend - neben seinem gebogenen Spazierstock. Er hielt einen Stadtplan in Händen, und seinem Gesichtsausdruck zufolge, warf dieser Plan mehr Fragen auf, als Antworten zu geben er imstande schien. Der Herr wunk mich zu sich heran, um mir eine Frage zu stellen, doch bevor ich ihn noch erreicht hatte, sah ich zu meiner grenzenlosen Verblüffung die Reichmanns über den Strand laufen. Ein altes vertrautes Ehepaar aus Trossingen hier am Strand in Norddeutschland? Freudig eilte ich ihnen hinterher doch da tönte der Wecker.

Um 11.25 sollte mein Ausflug in das kleine Milchholdorf Täbingen (nahe Balingen) seinen Lauf nehmen, wo am Abend ein Kirchen- oder auch Kirchleinkonzert auf der Agenda stand.

Eine mit Freuden und Ärgerlichkeiten gespickte Reise wartete auf mich.

So wie es sich manch einer unter uns in seinem simplen Weltbild bequem gemacht hat, hatte ich es mir im Sommer bequem gemacht und offenbar gar nicht bemerkt, daß sich mittlerweile auf leisen Sohlen der Herbst herbeigeschlichen hatte. Beim Ankleidevorgang (Beamtendeutsch) schien ich vergessen zu haben, wie nieselig und ungemütlich es draußen war, und als ich das Bähnle gen Rottweil bestieg, stak ich nur in einem dünnen Röckchen,

Im trübgenieselten Rottweil bestieg ich bibbernd den Bus nach Balingen. Gegen Ende der Reise war mir leicht übel. Ich war hungrig geworden und sehnte mich nach einem guten Wort. Leider trug das mit feuchten grauen Tüchern verhangene und pfützennasse Balingen nicht gerade zu einer Launenaufhellung bei.

Im verregneten Stadtkern tobte der Töpferflohmarkt, so daß man schon von der Ferne sehen konnte, daß das Café am Markt, dem ich doch so freudig entgegenstrebte, quasi aus allen Nähten platzte.

Ich teilte den Tisch mit einem reifen Ehepaar, das mit einer gänzlich humorfrei wirkenden alten Oma einen Kaffee trank. Der Oma fehlten anderthalb Finger, wie ich zu meinem Entsetzen bemerkte, und das Ehepaar dauerte mich, weil ich es mir sehr freudlos und anstrengend vorstellte, mit einer ganz humorlosen alten Frau Kaffee zu trinken. Reißt man ein kleines Witzlein, so lacht sie nicht und blickt einen lediglich verständnislos an, wie einst die Komponistengattin Rosa Sprongl, wenn sich der Opa einen Scherz erlaubt hat.

Ich bestellte mir einen Crêpe, war jedoch sehr enttäuscht: Ein Grießkoch! In der salzarmen Umhüllung stak eine undefinierbare Gemüsepampe wie vom Seniorenhilfswerk, und so zog ich weiter ins Café Armleder, wo es auch ziemlich enge war. Doch dort gefiel´s mir einfach besser. Bar jeder Vernunft bestellte ich zwei sündhaft teure Wildkirschtees und eine gänzlich verzwirbelt aussehende Käsestange.

An meinem Tisch saßen wechselnd irgendwelche Seniorenpaare. Einem älteren Herrn war mein Violinkasten ins Auge gehüpft, so daß er sich zu einem kleinen Interview herausgefordert sah: „Ha, was spielöt Sie so?" „Hän Sie Kirchömusik studiert?"

„Ha, was spielen Sie so?" „Haben Sie Kirchenmusik studiert?"

Anstrengende Fragen, die leider keinen großen Beantwortungsschwung aufwirbeln.

In der BUNTEN las ich ein Interview mit Hannelore Kohl, die damals noch voll auf den Sieg von ihrem Helmut gesetzt hatte. In gewisser Weise teilte sie Opas Meinung über das Englische, das unsere Sprache verhunzt. Doch der dumme Reporter zeigte kein Gespür dafür, und stellte seine Fragen mit Fleiß so, daß es der alten Dame wohl kaum gefallen durfte? „Sind Sie ein eingespieltes Team?" wollte er wissen, „ein Power-Couple?"

Schweren Herzens nahm ich mir ein Taxi nach Täbingen. Zunächst war mir die lebensgegerbte Taxifahrerin im Tabaknebel nicht sonderlich sympathisch, doch während der langen Fahrt freundete ich mich dann ja doch noch mit der zirka 33-jährigen gebürtigen Balingerin an und unterhielt mich nett, auch wenn abscheulich hysterische Supermarktsmusik aus dem Radio jaulte. Der Regen draußen lud direkt zu einem Bastelnachmittag ein, da man genötigt schien, sein bißchen Freizeit daheim zu verbringen.

„Über den Wolken aber verbirgt sich der goldene Herbst", sagte ich.

Einmal verfuhren wir uns, und die redliche Frau schaltete schnell die Taxiuhr aus, denn Verfahrungen gehen bei ihr prinzipiell „aufs Haus". Die muss der Gast ganz gewiss nicht zahlen.

Wir mußten einen fädchendünnen, sich steil in die höhe schlängelnden Weg abfahren, und einmal flog ein riesiger Bussard über unser Auto hinweg.

Nun war ich glücklich im verregneten Täbingen an Land gestiegen, doch die nächste Frage, die sich mir - einer nervösen Dame in den Dreißigern — aufdrängte, ließ nicht lange auf sich warten: „Wie komme ich wieder weg?" Wieder hatte ich nicht weitergedacht als meine Nase lang ist.

Den ganzen Tag schon hatte ich immer wieder die Ute angerufen, doch stets hob nur der Anrufbeantworter ab, und nun konnte ich nicht mehr anrufen, da in der einzigen Telefonzelle ein Münzstück klemmte. Es klemmte bereits so lange, daß es Grünspan angesetzt hatte, zumal von hier aus offenbar nur alle Jubeljahre mal ein Telefonat geführt wird.

Vor der Kirche lernte ich eine sehr nette Dame kennen: Marianne Eckstein aus Boll, die sich als Engel entpuppte, der mir direkt vom lieben Gott geschickt worden war. Die süße Frau hatte soeben ihren greisen 87-jährigen Vater in der Gegend herumkutschiert, und nun sagte sie über das abige Konzert: „Dös däät mi scho anmachö!" Dies täte mich schon anmachen

Nach mehr als einem Jahr sah ich heut auch den Pfarrer Lücht wieder, der mir leider ein wenig unheimlich ist. Vielleicht, weil er in einer so merkwürdig aseptisch wirkenden unpersönlichen Wohnung lebt, die stellenweise eher an einen Operationssaal denn eine behagliche Wohnstätte erinnert. Keine Bilder an den Wänden und überhaupt keine gerahmten Fotos auf den Anrichten. Ein grauer Spannteppich wie im Finanzamt, blankgeputzte Fenster, die an die Brillengläser eines peniblen und äußerst akkurat gescheitelten Menschen erinnern. Außerdem tritt er sehr leise auf und redet nur das allernötigste. Abgesehen davon wüsste man jedoch überhaupt nicht, was man ihm sagen solle. Bei anderen weiß man dererlei.

Marianne Eckstein und ich freundeten uns richtig an.

„Dös isch jetzt ö G´schenk dös Himmels!" Das ist jetzt ein Geschenk des Himmels! rief sie mehrfach fast manisch aus und redete ganz viel, weil sie es nicht fassen konnte, daß Künstler auch ganz normale Menschen sein können. Mir schlug eine Art Verehrung entgegen, als sei ich Lady Di.

Zu guter Letzt sind dann doch sehr viele Leute gekommen, so daß ich richtig glücklich war. Sogar den frommen Professor Gral aus Trossingen vermeinte ich schimmern zu sehen.

Heut fand somit die Premiere von meinem neuen Programm statt, und sogar zwei Zugaben gab ich. Hernach hat mich Frau Eckstein nachhause gefahren.

Zum Tagesausklang schaute ich die Lindenstraße: Das „Schätzelchen" (eine junge Blondine, die mit dem schildkrötenartigen Dr. Dressler verheiratet ist (leider nur des Geldes wegen), war immer so beleidigend gleichgültig mit ihrem Ehemann, während der Doktor selber gut Wetter zu machen suchte und sich äußert jovial gab. Doch die so freundliche Jovialitesse prallte am Gleichmut der jungen Dame einfach ab. Wahrscheinlich würde ich mich auch so elend fühlen, wenn ich mit Herrn Heike verheiratet wäre? Aber in ein paar Jahren bleibt mir vielleicht gar keine andere Wahl? Wenn *Frau* Heike verstorben ist und ich kein Geld mehr habe?

Montag, 5. Oktober

Altrosa getönter Sonnenschein,
aber auch verrupft und staubartige Wolkengebilde
unterschiedlichen Kolorits

Vor dem Einschlafen musste ich noch darüber nachdenken, ob Frau Kettler womöglich heulend ins Bett gestiegen ist, weil kein Mensch an ihren Geburtstag gedacht hat? Leider auch ich nicht, und nun war es zu spät um anzurufen.

Ich träumte, *daß Ming und ich an einem besonders schönen Tag zum Hauptbahnhof in Wiener Neustadt fuhren. Dort sah es jedoch gänzlich anders aus als im wahren Leben. Doch im Traum wundert einen gar nichts mehr. Der einfahrende Zug beispielsweise sah aus wie das bunte Bimmelbähnchen auf Langeoog.*

Kaum dem Auto entstiegen, stellte sich heraus, daß ich meinen großen Koffer vergessen hatte. Der Kofferraum war leer - und dies, obwohl Ming und ich bei diesem Thema kurz zuvor ein wenig in Zank geraten waren.

„Hast du den Koffer dabei!" hatte Ming auf unangenehm strenge Weise gefragt.

„Behandele mich nicht immer so, als sei ich blöd!" war wiederum ich ein wenig sauertöpfisch geworden.

Am Morgen schlief ich etwas länger als sonst, weil ich mich vor der postkonzertalen Depression ducken wollte. Aber auch etwas Anders zog mich seelisch in die Tiefe: Daß nun das Semester wieder angefangen hat und man sich in Trossingen nicht mehr frei bewegen kann. Ständig unliebsame Begegnungen an jeder Wegbiege: Leute, die einem schlechte Laune machen.

Schweren Herzens mußte ich jedoch das Haus verlassen, um Milch zu holen. Niedergeschlagen stellte ich fest, daß ich mich erst daheim in meiner Wohnung wieder sicher fühlte. Zwei Briefe, die einträchtig nebeneinander im Kasten lagen stammten von den Todfeindinnen Mobbl und Gerlind. Ganz friedlich lagen sie übereinandergeschichtet da und warteten auf mich.

Von Mobblns Brief war ich fast zu Tränen gerührt: Daß mir eine so alte Dame noch so einen wunderschönen Brief schreibt. Mobbl hatte sich beim Schreiben offenbar in einer feierlichen Stimmung befunden und ihr Briefrefrain lautete: „Was sind wir reich beschenkt!" Ich rief gleich in Ofenbach an, um mich zu bedanken und einen Besuch am 17. Oktober dingfest zu machen, weil mir das Leben in Trossingen heut plötzlich fad geworden war.

Die Gerlind schrieb, daß die kleine Gesine bislang leider immer noch nicht gescheit reden kann. Bloß halt Papa, Mama, Daaje und daddldaaa, was für ein fast zweijähriges Kind ja strenggenommen nichts besonderes ist, so daß man sich mit seinem Kinde bislang nicht groß brüsten kann - besonders wenn man sich vor Augen führt, daß das Utelchen (meine Tante) mit nur einundhalb Jahren über ihr neugeborenes Brüderchen Buz gesagt hat: „Is keine Puppe, is´n Tint!" (Hessisch trocken).

„Was haben wir bloß falsch gemacht??!" schrieb die Gerlind auf scherzhaft händeringende Weise.

Zum Frühstück schaute ich einen Film mit Kathleen Turner - einer leider ganz häßlichen Schauspielerin mit groben Gesichtszügen. Nein, mit dieser Frau möchte ich keinen Abend verleben! Und doch war sie im Film verheiratet. Somit hatte jemand mal vorgehabt, sein ganzes Leben mit ihr zu verbringen. Ein Ehepaar - Langzeitstudie - verzwistete sich, weil der Mann nie Zeit hatte und darüber hinaus so unsensibel war, daß er seiner Frau die Luft abzuschnüren drohte. Später bekam die Frau Brustkrebs und starb. Dadurch aber, daß Kathleen Turner so unsympathisch ist, mußte man jedoch nicht weinen, und fühlte auch keine besondere Rührung. Aber ein wenig nachdenklich ob der Kürze des Lebens wurde man dennoch.

Plötzlich bekam ich überraschend Besuch: Die Margarethe beehrte mich. Unsere Ehekandidatin! Auf den ersten Blick kam's mir vor, als sei sie, der mittlerweile, wie ich's schon geahnt habe, der malerische Zwicker fest auf die Nasenwurzl draufgewachsen scheint, um die Kopfumrandungspartie herum bereits leicht ergraut, doch wahrscheinlich war die Haarpracht letztendlich nur von der Sonne ein wenig gebleicht. Ich war sehr ausgehungert nach Konversation und redete ohne Punkt und Komma, beispielsweise über Christiane Tschusch, eine Klarinettistin aus Karlsruhe, die ich von ganzem Herzen nicht leiden kann. Wie ein altes Klatschweib machte ich sie madig. Wie kleinlich sie doch gewesen sei! Sie prahlte von ihrer bevorstehenden Hochzeit mit einem Millionenerben, doch als ich frug, ob wir auch eingeladen wären - und dies, nachdem wir doch ehrenamtlich ihre Kammermusikprüfung begleitet hatten - sagte sie abwimmelnd: „Da kommen nicht einmal meine Geschwister!" Dies sagte sie, weil sie vor ihren millionenschweren Schwiegereltern das Klassenzimmersyndrom*verspürte: Ihre Geschwister sind einfach Leute, die nicht in diese Gesellschaft passen würden.

*In fremder Umgebung - beispielsweise im Klassenzimmer und vor den Kommilitonen - wird man ein völlig anderer Mensch, der seine Eltern plötzlich nicht mehr zu kennen scheint.

Dann erzählte ich, wie die hübsche Colette nur noch dem Professor nach dem Munde redet und ganz anders geworden sei, seitdem sie vom Virus der Liebe infinziert ist.

Doch wenn ich etwas netter gewesen wäre, dann hätte ich das Ganze doch wirklich liebevoller betrachten können: Daß die verliebte Colette die Weisheiten des Professors voll ehrlichem Verkündungsdrang in die weite Welt hinaus tragen möchte. Dann lenkte ich die Rede drauf, wie man den Professor Hahmann bitten könne, auf Margarethes Hochzeit Bach Suiten auf seinem Violoncello vorzutragen. Ich entwarf das Szenarium, wie er nach seiner Pensionierung unausgelastet im Zimmer hin- und herläuft, und wie ihm seine junge Ehefrau gutgemeinte Ratschläge gibt, was er mit seiner uferlosen Freizeit wohl alles anstellen könne: Beispielsweise sich mal in den Garten zu legen. Doch kaum hat er auf der Liege Platz genommen, da kommt die Nachbarin mit ihrem sahneweißen

Haupt, und fängt über den Zaun hinweg ein hefeweiches Seniorengespräch an. Da geht Herr Hahmann ins Haus zurück, und die Kinder hängen sich wie tonnenschwere Kletten an seine Beinkleider und behindern ihn an feinem Denken und sinnvollem Tun.

Über Doris Schröder-Köpf sprachen wir auch: Der Margarethe war sie unlängst im Traum erschienen, und diesen Traum schilderte sie mir nun plastisch: Das Gesetz sah vor, daß die Ehefrau des Kanzlers alle Einwohner von ganz Deutschland zum Tee besuchen müsse, und im Traum wundert man sich ja praktisch über nichts. Im wahren Leben haben sich wahrscheinlich bis auf ein oder zwei, alle Freundinnen von der Doris abgewandt, da sie auf einmal die Nase so hoch trägt und nur noch dem Kanzler nach dem Munde schwatzt.

Am Nachmittag verließ ich zu einem Einkauf das Haus, und der erste Mensch, der mir auf diesem Trip begegnete, war Herrn Hahmanns Meisterstudentin Michaela Rose. Sie schaute mich aber nur muffig an und grüßte überhaupt nicht, und dies, obwohl wir doch einmal gemeinsam musiziert haben. Aber womöglich sind fast alle Cellisten so.

Ich stak ein wenig im Stress, da ich mir selber so viele Hausaufgaben aufzubrummen pflege: Oberste Priorität hatten die Briefabbos an Linda und Simone, doch unglücklicherweise war mein Schreibschwung ein wenig versiegt, so daß ich „gewaltsam auf die Tube drücken musste". Man bleibt im Wortgestrüpp hängen und neigt dazu, sich mit Floskeln über die geistige Dürre hinwegzuretten.

Um zirka 16.45 joggte ich am See, und einmal glaubte ich gar, die verruchte Frau Hussel - Todfeindin meiner Telefonfreundin Frau Kettler aus Basel - in einem todschicken teuren Jogginganzug am anderen Seeufer vorbeijoggen zu sehen.

Der Brief ans Lindalein kam glücklich weg!
Abends bereitete es mir ein Vergnügen, den dritten Satz von der zweiten Ysaye-Sonate auf Radioqualität hin zu bügeln, und die erste Seite vom letzten Satz der Beethoven-Sonate auswenig zu lernen. Mit diesen anspruchsvollen Aufgaben rettete ich mich über die öden, einsamen Abendstunden hinweg.
Einmal riefen Buz und Rehlein an (je sehr nett). Buz meinte, daß ich meinen Aufnahmen sorgsam lauschen möge. Es gäbe Stellen, die nicht im Sinne Bachs sein dürften. Er selber, so Buz, höre sich das Ganze nüchtern und mit Kritikerohren an. Hie und da, eile ich.
Rehlein wiederum hat´s ein wenig geschmerzt, daß die Margarethe heiratet, während ich noch immer eine Sitzengebliebene bin.
„Das liegt bei uns in der Familie!" sagte ich unbekümmert, und erinnerte in diesem Zusammenhang an den Onkel Otto, der ja Rehleins absoluter Lieblingsonkel war. **Kam er zu Besuch, so hängte sich das kleine Rehlein an seine Beinkleider und ließ ihn**

keine Sekunde in Ruhe. Doch der Onkel reagierte stets liebevoll und gutmütig und brachte seiner süßen kleinen Nichte immer wunderschöne Geschenke mit - beispielsweise eine kleine Nähmaschine und einen Webrahmen. Rehlein war begeistert!

„Auch die Omi will ihren Gerhard jetzt nicht unbedingt wiederhaben!" erzählte ich, doch Rehlein mag solche Sprüche nicht.

Dienstag, 6. Oktober

Feucht trübe. Melancholisierend.
Vorallem in der Dämmerstund

Im Morgengrauen peinigte mich die Angst vor dem Konzert in Lauchringen am 1. November. Wie gelange ich dort hin? Und wie komme ich aus diesem entlegenen Ort - man möchte beinahe sagen, einer simplen Besenkammer Europas - wieder weg? Kommt überhaupt ein Mensch? Im Geiste sah ich auf meinem Lebenslauf den elektrisierenden Passus: „Im November 1998 debütierte sie in Lauchringen".

Dann quälte ich mich zu einem einsamen, leeren Tag aus dem Bett. Ich entschälte mich dem Bettbehagen - ähnelnd einem jungen Hühnchen dem Ei.

Zum Frühstück schaute ich einen simplen, wenn auch nicht unansprechenden Film an, worin der Professor Brinkmann aus der Schwarzwaldklinik mit seinen mittlerweile weißen Schläfen einen spielsüchtigen Oberkellner auf Mallorca spielt. Früher habe ich diesen Schauspieler sehr bewundert, da er den Dr. Brinkmann nicht spielte, sondern sich schlicht in ihn verwandelt hatte. Doch inzwischen sehe ich, daß er alle Rollen so spielt, als sei er der Professor Brinkmann. (Klaus-Jürgen Wussow)

Eine Ärgerlichkeit: Mein kleiner Billigkassettenrekorder, mein Lebenselixier, gab nur noch wellenförmige Töne von sich.

Pfarrer Fliege nahm sich heut eines interessanten Themas an: „Ungelöste Mordfälle: Die Hinterbliebenen." Doch meine Erfahrung bestätigte sich auch heut: Daß er nämlich ein einzigartiges Talent besitzt, die spannendsten Themen zu verwässern. Zunächst plauderte er sich mit einer weißhaarigen Seniorin fest, deren Sohn in der Kaserne erschossen worden war: „Wir sind hier nicht auf der Suche nach Mördern, sondern nach einer Antwort darauf, wie man damit fertig wird", sagte er blöde.

Als nächstes kamen die versteinerten Eltern von der rauschgiftsüchtigen Friederike zu Wort, die neulich in einem Müllsack bei Hamburg gefunden wurde.

In meinem Briefabbo an die Simone erzählte ich prickelnd, wie sich die Hilde vor unserem Papa wichtig machen wollte, indem sie auf ihrem Anrufbeantworter den Neuen an ihrer Seite, Mohammed al Fayed oder so ähnlich, hervorgehoben habe. Aber ich sei ja auch nicht besser, schrieb ich gleich kleinlaut daneben, da ich Herrn

Heike auch heut noch nicht auf seine Postkarte geantwortet habe. Und dann entwarf ich noch das Szenarium, wie ich in ein paar Jahren, wie die Tanja aus der „Lindenstraße" („das Schätzelchen" - ein regelrecht unappetitlicher Ausdruck) mit dem „Dr. Dressler", sprich Herrn Heike verheiratet bin, weil mir gar keine andere Wahl geblieben wäre, wenn ich nicht verhungern oder erfrieren will. Beim Joggen erschien es mir mit einemmale so aussichtslos, jemals wieder aus dem Hamsterrad meines so eingefahrenen Lebens herauszufinden.

Mittwoch, 7. Oktober

Regnerisch

Fantastisch geschlafen.

Am Morgen war ich so schön in das Laken hineingebügelt, und geträumt hatte ich auch:

Ich wohnte in einer WG, die ein bißl so ausschaute wie die Wohnung vom Pfarrer Auersberger in Fulda. Mit vielen hohen Zimmern und langen schlanken Fluren, die so blank gewienert waren, daß man sich darin spiegeln konnte. Überall standen antike Möbel, die der Möbelfreund mit den Augen lustvoll aufnaschen konnte. Sogar zwei Haushaltshilfen werkelten stumm herum. Mein Zimmer lag am Ende des Flurs und ich überlegte, was ich für Buz wohl koch´? Dummerweise hatte ich mehr als 600 Mark in einen leeren dreieckigen Pappkarton hineingelegt, wo früher Tempo-

taschentücher drinlagen, und nun suchte ich vergebens daran herum, und niemand wollte den Karton gesehen haben.

„Ich muß wirklich ordentlicher werden!" mahnte ich selber an mir herum.

Im Wohnzimmer wurde soeben eine Stehparty mit vielen Musikern abgehalten, und der bezaubernde Buz küsste eine ganze Melodie auf meine Wangen. Genaugenommen begann er mit einem Handkuss und küsste sich dann immer weiter empor - bishin zu meiner Nasenspitze. Frau Novakova war ebenfalls geladen und hatte bereits am Spinett Platz genommen, um für eine Tafelmusik zu sorgen. Dies war ein originelles Gastgeschenk Buzens: Er hatte einen Musikanten gemietet, damit die Musikfreunde nicht auf dem Trockenen sitzen.

Als ich am Morgen zur Bäckerei strebte, leuchtete im Briefkasten ein Brief Rehleins.

„Meine liebste Mama!" dachte oder sagte ich sogar zärtlich. Ich konnte es gar nicht erwarten und öffnete den Brief bereits auf dem Wege zur Bäckerei. Rehlein schrieb wie alle Tage äußerst früchtebrötern und verästelte ihre Worte sehr in die Details, so daß das Papier schon bald ganz voll war und sie ihre Schrift stetig verkleinern mußte. Als ich wieder daheim war, hatte ich noch nicht einmal die Hälfte des Briefes gelesen. Rehlein schrieb so nett, daß sie sich schon so auf meinen Brief vorfreue, und dabei hatte ich den doch noch gar nicht zuende geschrieben, geschweige denn eingeworfen. So rief ich Rehlein rasch in Aurich an, und Rehlein war so süß! Buz tippe oben an meinem Booklet herum und gäbe sich eine solche Müh, berichtete Rehlein gerührt. Dann habe Rehlein allerdings einen Schrecken bekommen, weil Buz so viele Papiere dafür gebraucht und wieder verworfen hatte. Der kleine Papierkorb unter dem Tisch war bereits am Überquellen.

Mein kompliziertes Programm für Braunschweig rupft in seiner Vorbereitungsintensität ein ziemliches Loch in meine Lebensplanung hinein.

Zunächst spielte ich die beiden Werke auf Tonband und dann hörte ich sie, am Eßtisch sitzend, mit Buzens Ohren ab. Ich hatte gemeint, es wäre „ganz gut", doch der Schein trog, und die unerbittliche Pädagogin in mir wurde wachgerüttelt. Für jeden kleinen Abschnitt hätte ich tausend Verbesserungstips gehabt, vorallem, was das metrisch Verständliche anging. Ich konnte es, so wie die Dolores, gar nicht mehr erwarten, „gescheit" daran zu arbeiten. Doch mitten während der Arbeit ereilte mein kleines Aufnahmegerät, das mir mein lieber, lieber Papa einst zu meinem 29. Geburtstag geschenkt hat, der jähe Herztod! Die Batterie war alle, mitten im Rückspulgeschehen gab es seinen Geist gänzlich auf. Bitter, wenn man gerade geglaubt hat, ein neues Lebensmuster für sich gefunden zu haben!

In meiner Freizeit schaute ich wieder mit großem Interesse „Ehen vor Gericht". Diesmal über eine sogenannte „frigide Zicke", die im Bett immer müde war. Da hat sich der unsympathische und frustrierte Ehemann in einer Bar betrunken, und sich von zwei Betthäschen goldene Tips geholt.

Heute kam der kleine Matthias ganz allein.

„Gottlob bist du nicht ins Schleudern geraten!" bescherzte ich den Führerscheinneuling etwas albern, weil es draußen plätschernd regnete.

Um 17 Uhr mußte der Matthias in die Kompositionsstunde. Bis dahin spielte er den ersten Satz von Mozarts D-Dur Konzert (KV 218) und ich glaube nicht, daß es schlechter war als von der Marie-Hélène, die doch damit immerhin die Aufnahmeprüfung geschafft hat. Ich konnte Buzens Neigung, immer so viel zu reden, plötzlich gut nachempfinden, denn auch ich tendiere dazu, mich umständlich auszudrücken. Doch ich arbeite an mir und will versuchen, mit knappen Befehlen auf den Punkt zu kommen.

Ich legte dem Matthias ein paar Bach Fugen vor, damit er sich im Blattspiel verbessere, und der Matthias spielte mit dem gleichen Ernst und der gleichen Ausstrahlung wie er seinerzeit in der Klavierstunde bei Herrn van Beeken Tonleitern gespielt hat. Ein einziges Auf und Ab! Hätte man ihn nicht zum Aufhören bewogen, so würde er heute noch daran herumspielen.

Nachdem die Violinstunde verklungen war, hatte sich draußen bereits ein nieselnder Vordämmer ausgebreitet. Der Tag neigte sich unaufhaltsam seinem Ende zu. Zeit um joggen zu gehen, wenn man nicht gar zu sesselträge werden wollte.

Zunächst hoppelte ich noch etwas unschlüssig herum, um dann doch noch gescheit loszurennen - auch auf das Risiko hin, die Leute, die mich dabei sehen würden, könnten mir im Geiste den Vogel zeigen.

„Da sieht man ja die Pfunde purzeln, hahaha!" denkt da so manch einer belustigt, wenn eine Dame mit hüpfenden Milchbunkern durch die Straßen „stürmt".

In der Eberhardstraße radelte mir mein Nachbar, der „Komüüüdiän" (Comedian, wie es auf neuschwachhochdeusch heißt) und C-Promi Frank G. Entgegen.

„Bist duuu tapfer!" rief er liebevoll.

Im Supermarkt traf ich den Geigenprofessor Nonnenmacher, der mir erzählte, daß er in den Ferien viel herumgereist sei: Sogar entlegene Länder wie Vietnam und Indonesien habe er besucht. Er musizierte innerhalb eines bedeutenden Ensembles, und man spielte ein modernes Werk, das die Asiaten doch gar nicht kapieren. (So dachte zumindest er; Buz würde Worte dieser Art jedoch nicht gutheißen)

Vor dem Bioladen plauderte ich noch ein wenig mit der Musikschulsekretärin Frau Weisser, die heut bereits von meinem Papi angerufen worden sei. Aber daß Herr König anruft um zu sagen: „Frau Weisser, ich rufe ohne jeden Grund an - einfach nur, um einen „Guten Tag" zu wünschen!", wie dies Buzens

Markenzeichen ist, sei bislang noch nicht vorgekommen.

Wieder bog ich in die Eberhardstraße ein, wo der kleine Matthias nach der Kompositionsstunde soeben ins Auto stieg, das ihm seine lieben alten Eltern so vertrauensvoll überlassen hatten. Neckisch pochte ich ans Fenster - hinter mir lief der Cellolehrer, Mario Sikondi, ein öliger Italiener, den ich von ganzem Herzen nicht leiden kann, da er damals mit Fleiß gegen Buz als neuen Professor intrigiert hat, um einen farblosen Kumpel, mit dem Geschäfterln ausbaldowert worden waren, auf den von Buz so redlich verdienten Platz zu setzen.

Da er als Italiener immer so rumschreit und rumgrölt, haben sich die anderen diesem Diktat gebeugt, da dies ja sonst antisemitisch hätte ausgelegt werden können. Und so bog ich mich jetzt nicht nach ihm um, obwohl ich ihn eigentlich auch nicht mal mit dem Arsch anschauen mochte.

Abends erbarmte ich mich Herrn Heike nun doch und rief ihn an, um ihn zu bitten, seine CD nach Aurich zu schicken.

Herr Heike wollte wissen, wann ich mir wohl endlich einen CD-Player zu kaufen gedächte. „Gar nicht!" sagte ich, da mir mein alter Kassettenrekorder taugt und langt. Meine Ohren passen sich den Gegebenheiten an.

Herr Heike zitierte Nikolaus Harnoncourt, der gesagt habe, Musik sei „museal". *„Ein dummes Geschwätz!" dachte ich,* sagte aber nichts.

„...Aber die moderne Musik ist auch nicht in Ordnung, da geben ich dir recht!" sagte Herr Heike einfach, und ich wunderte mich sehr über diesen Satz, da ich die moderne Musik doch noch niemals geschmäht habe.

„Die Komponisten werden schon wissen, was sie da schreiben", hatte ich einmal gesagt, doch daß dieser wohlwollend neutrale Satz derart mißinterpretiert wurde, befremdete mich nun doch.

„Aber ich habe doch gar nichts gegen die moderne Musik!" *so lange ich sie nicht anhören muß – haha!* sagte ich. „Wie soll ich etwas gegen etwas haben, von dem ich gar nichts versteh´?" fügte ich gutmütig hintan.

Donnerstag, 8. Oktober

Grau und herb

Zunächst träumte ich, *daß ich als Küchenmädchen zu der Familie Welschburger gezogen bin. Ich bekam ein Zimmer mit einem schönen großen Bett zugewiesen und Mutti Welschberger sagte: „Ich könnte dir natürlich jede Menge Konzerte organisieren, aber ich bin einfach müde..." Ohne es bemerkt zu haben, hatte ich eine ganze Flasche Wein geleert, und dies mußte doch auffallen, wenn jeden Moment der Hausherr zurückkehren würde. Also goss ich etwas Wasser in die beinahe gänzlich leere Flasche, so daß sich der Weinfreund wundern würde, wenn er nach dem Zuprosten das Glas an die Lippen setzte.*

Dann trat auch der Opa in Erscheinung. Der Opa war mittlerweile so alt geworden, wie ein welkes Blatt, das sich jeden Moment vom Ast lösen und zu Boden schweben würde. Aus Altersgründen waren auch seine Finger grünspanig angelaufen. Ich wollte dem Opa mein Wohnhaus in Trossingen zeigen, doch alles schaute total anders aus, und vorallendingen völlig anders, als ich es den Großeltern geschildert hatte. Stets hatte ich von einem grauen, regenverwaschenen Miethaus gesprochen, dieses hier jedoch war hepatitisgelb, das Badezimmer unnatürlich groß - der mit Abstand größte Raum im Haus. Hatte ich nicht immer erzählt, daß wir leider nur ein winziges Badezimmer hätten, wo beispielsweise ein Mensch mit leichtem Übergewicht schon gar nicht mehr hineinpassen würde? In Opas Gesicht las ich neben natürlicher Befremdung auch die Worte: „Da hat sie uns aber einen Bären aufgebunden! Wenn das so ist, darf man ihr ja gar nichts mehr glauben!" Und dann funktionierte die Spülung in der Toilette einfach nicht! Mehr noch, beim vergebenen Versuch, die Spülung wieder zu aktivieren, wurden mehrere grünspanig, historische Würstel, von denen man keine Ahnung hatte, wem sie zuzuordnen seien, emporgeschwemmt.

Schließlich aber spülte ich mich selber an Land, da ich ja noch auf den Markt gehen mußte.

Vor dem Postportal stand der preußischstämmige Herr Köhler neben seinem Taxi und wartete auf Kundschaft.

„Ich dachte schon, Sie warten auf *mich*!" schelmte ich nach Art vom Opa. Er aber wartete auf den Professor Kleinberg - und tatsächlich: Der sumokämpferartige Professor aus Japan blitzte in der Post auf.

„Scheenen Danku!" sagte er am Schalter kalt und unherzlich zu einer Dame. Die Dame blickte ihm mürrisch hinterher, und es sollte mich nicht wundern, wenn sie ihm im Geiste hinter seinem Rücken eine lange Nase gedreht hätte.

Auf lose Weise hätte ich gerne zu dem Fräulein an meinem Schalter gesagt: „Sie haben sich heut noch nicht gekämmt!"

An der Volksbank begegnete ich Herrn Reichmann. Er mit seinen roten Apfelbäckchen sah so süß aus und schüttelte mir ganz lang die Hand, so wie man es sonst eigentlich nur bei Politikern betreibt, wenn ein Blitzlichtgewitter herrscht. Ganz anders, als wenn seine Frau dabei wäre.

„Sind auch Sie ein zufriedener Kunde der Volksbank?" warf ich eine seltsame Frage in den Konversationsring. Ich liebe Herrn Reichmann so sehr, daß ich ihn mir trotz des Altersunterschiedes von 34 Jahren sogar als Ehemann vorstellen könnte. Herr Reichmann befand sich auf dem Wege zum Zahnarzt. Den einen Zahn hat er noch, doch ein anderer müsste demnächst gezogen werden. Der wurde ihm bereits als achtjährigem Buben plombiert und nun - mehr als 60 Jahre später - ist davon nicht mehr viel übrig. Jetzt soll er ein Implantat bekommen.

Herr Reichmann schenkte mir drei blassgrüne Äpfel aus seinem Auto und schwenkte mir zum Abschied nochmals so überschwenglich die Hand.

Im Supermarkt kaufte ich mir den *Stern*, und zu Werbezwecken bekam ich die „Trossinger Zeitung" *geschenkt*.

Ausgerechnet die brave Sekretätin von Herrn Hecker in Braunschweig hatte meine in Übermut besprochene Ansage auf dem Anrufbeantworter abbekommen. Wie ein vergrätzter Wiener Alternativling sage ich mit weinerlicher Stimme: „Gääästrn bini dodaaal versuuumbfd!" Gestern bin ich total versumpft (In jenem humorfreien Ernst der Komponistengattin Rosa Sprongl, die so gern in weinerlichem Singsang ernste, empörende und beklagenswerte Dinge von sich gab).

Ich schaute mir einen nicht unasprechenden Film an: „Die gläserne Zelle", nach einem Roman von Patricia Highsmith. Er handelt von einem Herrn, der nach fünf Jahren Knast wieder nachhause kommt. Doch nichts ist mehr, wie es einst war. In den Jahren seiner Abwesenheit hat sich seine Frau von ihm abgewandt, aber auch dem mittlerweile elfjährigen Sohn ist der Vater zum Fremden geworden.

Im *Stern* las ich über die elfjährige Dina, die von ihrer bösen Mutti ermordet wurde. Lese ich dererlei, so öffnet sich augenblicklich mein „Uschilein-Doc" im Gehirn, da ich bei solcherlei Untaten immer sofort an das böse Uschilein denken muß.

Die Mutter war pleite gegangen und wollte ihrer Tochter ein Leben in Armut ersparen. Die kleine

Dina schrie: „Laß mich leben!" doch die böse Mutter stach mit dem Messer auf sie ein und erhängte sie schließlich im Treppenhaus. Und dann klappte es nach diesem Frevel sondersgleichen noch nicht einmal mit dem geplanten Selbstmord.

Man sieht es förmlich vor sich, wie die böse Mutti im Knast sich nun in der Rolle der gänzlich Erstarrten, dem Wahnsinn Anheimgefallenen gefällt.

Am Nachmittag hängte ich in graumelierter Wetterlage - halt! Sie war etwas mehr als „graumeliert" - in tiefgrauer, Unheil verheißender Wetterlage - weltfremd die Wäsche im Hof auf.

Beim Joggen begegnete ich Herrn Messner, meinem einstigen, sehr lieben Nachbarn aus dem Tal mit seiner Frau, („Des Messners Fru") und dem sechsjährigen Enkel Daniel, der natürlich erst erzogen werden muß. Von ihm sprach ich nur in der dritten Person: „Er spricht ja hochdeutsch!" äußerte ich mich verwundert, zumal ja die Messners eigentlich Buschschwaben oder schwäbische Aborigine sind. Seit tausenden von Jahren im Tal Trossingen ansässig.

Abends rief Rehlein an. Ich erfuhr, daß es der Oma Ella so schlecht gehe. Am Dienstag kommt sie ins Krankenhaus, und der völlig verzweifelte Onkel Eberhard sitzt bei ihr. So rief ich beklommen in Grebenstein an, und die Omi warb mich gleich an, bis Dienstag auf sie aufzupassen. „Sieh mal zu, daß du bald kommst, Mädchen!" sagte sie.

Hernach wollte ich Rehlein anrufen, um ihr die neuen Reisepläne zu unterbreiten, doch in Aurich war das Telefon tot. Ich bekam größte Angst, es sei ein Einbrecher da, der die Telefonleitung durchgeschnitten hat. Doch dann erwischte ich Rehlein ja gottlob doch, und wir plauderten eine Weile lang. Rehlein berichtete, daß sie sich manchmal nach einer niveauvollen Unterhaltung sehnt.

Freitag, 9. Oktober
Trossingen - Frankfurt

Unter der wie eingerastet wirkenden
grauen Wolkendecke
brach überraschend die Herbstsonne durch

Verdrießlich geträumt und (unlogischerweise) doch so toll geschlafen: *Irgendwie hatte sich mein Überbiss im Munde zu einem Unterbiss verkeilt und ich bekam den Mund nicht mehr auf. Dann gelang's mir allerdings mit Brachialgewalt ihn doch nochmals zu öffnen, wobei es ein wenig krachte und stäubte. Die Zahnreste schauten nun ganz bröckelig und zersplittert aus. Im Unterkiefer waren sie teilweise sogar eingeschmolzen wie bei einem ganz alten Menschen.*

In ungemütlicher Beleuchtung spielte ich in der Aula des städtischen Gymnasiums Beethovens sechste Sonate ohne Klavierbegleitung. Da ich nicht besonders gut geübt hatte, stellte ich mich bescheiden in einen Winkel mit dem Rücken zum Publikum.

Hinterher saßen wir mit dem Yossi in einer Kneipe, wo das törichtste Geschwätz erscholl, das man sich überhaupt nur vorstellen konnte. Alle redeten aneinander vorbei und ich stellte mir vor, wie sehr sich der Yossi nach der Reinheit und Schönheit einer Bach-Suite sehnte, und wie sehr ihn das dümmliche Geschwätz ankotzte.

Dann schrillte um sieben Uhr der Wecker, und ich hätte trotz allem so gerne weitergeschlafen. Es war noch ganz dunkel und ich freute mich eine Weile lang auf die nächste Nacht vor.

Wenn ich im Morgengrauen in meinem grell beleuchteten Badezimmer ein Wannenbad nehme, wirkt es auch so, als stüke ich in einem verdrießlichen Traum.

Bis zu meiner Abfahrt um 15.35 kam ich gerade eben mal dazu eineinhalb Stunden zu üben. Der Rest ging für Organisatorisches drauf, wie beispielsweise dafür, die Wohnung buzestauglich herzurichten.

Um neun Uhr hatte ich einen Termin im Frisiersalon „Happy hair". Bedient wurde ich von einer ganz lieben Blonden mit aufgeplusterter Frisur und einem sehr höflichen Ausdruck im Gesicht.

Im Spiegel, so fand ich, sah ich heut unverhältnismäßig reif aus, und auch wenn ich vielleicht eine elegante Frisur verpasst bekam, so sah ich darin fast ein wenig aus, wie die überreife Violinlehrerin aus Nürtingen. (Eine Dame, die mir sehr fremd ist) Ich versuchte allerdings, mir meinen frohen Mut zu bewahren.

„Jetzt sehe ich wieder aus wie eine Dame!" sagte ich verbindend. Ich dachte an Dinas Mutti, die einfach nicht in Armut leben *konnte*, so daß sie für sich und ihre Tochter nur noch einen Ausweg sah: den Tod. Niemand hat Verständnis dafür - aber wenn die Leute wüssten, wie sehr ich unter dem Älterwerden leide, und allmählich auch zu denken beginne „Ich sehe da nur *einen* Ausweg - den Tod!" hätten sie wohl ebenso wenig Verständnis. Wenn ich noch älter und häßlicher werde, so traue ich mich ja schon bald nicht mehr aus dem Haus. Ein Leben mit silbernem Haar und künstlichen Zähnen, die zu weiß sind um wahr zu sein, wäre für mich einfach unvorstellbar.

Einmal rief Buz an, um mich vorzuwarnen, daß die Oma nun doch sehr verwirrt sei und ich nicht erschrecken dürfe.

„Es schaut nicht gut aus und es dauert wahrscheinlich nicht mehr lange..." sagte Buz tapfer und gefasst, „du mußt ganz vernünftig sein!" Mir aber versetzten diese Worte einen Dolchstoß mitten ins Herz, und ich versank in unendliche Wehmut.

Worte, die Buz allerdings auch vor mehr als zwei Jahren mal über Mobbl gemacht hat, als Mobbl wegen einer Herzgeschichte im Krankenhaus lag. Doch Mobbl wurde wieder gesund und lebt gottlob heute noch.

Nach schweren OCD*-Krämpfen verließ ich das Haus.

*Wahnblasenbildung im Gehirn: Was sich wohl alles daraus erwüchse?!?! Ein Leiden, das normalerweise auf schleichende Weise die Ü60er erfasst und schließlich immer schlimmer wird - bis sie nicht mehr alleine reisen können.

Ich wartete sehr lange am Bahnsteig. Weit und breit war kein Bähnle zu sehen. Schließlich fuhr der rheinländische Lokführer doch noch herbei, um zu verkünden, daß das mit dem Verkehr heut wie Kraut und Rüben durcheinanderginge, weil es bei Herrenberg einen bösen Unfall gegeben habe. Da dachte man natürlich gleich an ein blutiges Massenunglück mit Hunderten von Toten, und ich machte mir schreckliche Sorgen um den süßesten Buz.

Doch dann verlief die Fahrt federleicht. Die Herbstsonne schickte ihre Strahlen in den Waggon, um uns zu umarmen und zu zeigen, daß sie uns lieb hat.

Inzwischen hat sich ein neuer Dialekt gebildet: Dannjerschdag! Donnerstag (Schwäbisch mit russischem Akzent). Ein genmanipulierter Dialekt.

Im Zug nach Stuttgart schrieb ich einen Brief an das Lindalein. Ich erzählte, wie ich meinem Papa die Wohnung so schön wie möglich hinterlassen hatte. Sogar das Waschbecken habe ich geputzt und mich hernach bei jedem Besuch im Bad gewundert, daß das Waschbecken auf einmal weiß sei und der Wasserhahn so wunderbar glänzt. Aber die Wunderung wird mit der Zeit schwächer und schwindet schließlich ganz.

Im Speisewagen nach Frankfurt las ich in der Bildzeitung über die Hillu*, die mit ihren nunmehr 49 Jahren, eingedörrt und traurig, mit ansehen muß, wie der Gerhard seinen Erfolg, für den sie ihm 16 Jahre lang „den Rücken freigehalten hat", nun mit einer Jüngeren und Dööferen teilt.

*Exe von Kanzler Schröder

Am Bahnsteig in Frankfurt stand ein schüchterner Jüngling mit einer Rose; auf eine aufregende Begegnung gefasst.

Die Mireille holt mich schon lange nicht mehr ab, und so fuhr ich alleine mit der Linie 16 in die Nähe ihrer Wohnung und lief bei Dunkelheit in die Gartenstraße. Einmal kam ich an einem trostlosen billigen Hauseingang vorbei und fühlte die Deprimanz, die einen umschlingen würde, wenn man dort lebte. Tagsüber geht´s ja vielleicht noch, aber wenn´s dann dunkel wird, kriecht die klamme Einsamkeit an einem empor wie eine Schlingpflanze.

Im Innenhof von Mireilles Haus konnte man in ihrer Wohnung allerdings warm das Licht leuchten sehen.

Ich freute mich, einen vertrauten Menschen zu besuchen. Es duftete nach Räucherstäbchen, und gleich zu Besuchsbeginn wurde mir ein Carokaffee als Willkommenstrunk serviert. Nachdem wir uns zu diesem Genuss an den Tisch gesetzt hatten, erfuhr ich, daß der Vater von unserem gemeinsamen Freund, dem chinesischen Sänger Xie, gestorben sei

(Krebs). Xie sei fix und fertig mit den Nerven, berichtete die Mireille voller Mitleid.

Leider hat die Mireille seit einiger Zeit Neurodermitis an den Händen und Herr Althapp pflegt in der Klavierstunde immer ein Psychologat darüber abzuhalten, daß dies seelischen Ursprungs sei. Für ihn sei die Mireille die Schülerin mit den allermeisten Fragezeichen. Er rät dringend dazu, einen Psychologen aufzusuchen.

Ich überlegte, was der Psychologe wohl für einen gänzlich neuen Menschen aus der Mireille machen würde, und vorallem, was in diesem Falle aus der alten Mireille würde, die man doch gewohnt ist, kennt und schätzt? Die Leute, die in scheinbarem Wohlwollen stirnrunzelnd an einem herumpsychologisieren, werden ja leider nie konkret. Außerdem hat Herr Althapp den Stundenlohn eigenmächtig auf 60 DM erhöht.

Die Mireille legte eine CD mit Alfred Brendel ein, und ich riet, daß sie in der nächsten Stunde eben *so* spielen solle. Vielleicht gefällt das dem Herrn Althapp?

Zu der schönen Musik von Schubert erzählte ich der Mireille, wie ich in Japan einfach das Leben der Familie Saito führte - dem Hausmeisterehepaar in unserem Gästehaus - und in einer Parallelwelt lebte.

Samstag, 10. Oktober
Frankfurt - Braunschweig

In Frankfurt Gießregen.
In Braunschweig zunächst sehr grau,
dann arbeitete sich die Sonne ein wenig hervor

Ich träumte, *daß ich in der Erlöserkirche in München einem Gottesdienst beiwohnte und dort lauter überraschende Begegnungen hatte: Z.B. mit Stephan Hörenz (einem ehemaligen Kommilitonen) und seinen Eltern. D.h. ich <u>dachte</u> es seien seine Eltern, und es sei ein Gebot der Höflichkeit sich beim Begrüßen zunächst den Älteren zuzuwenden. Somit begrüßte ich zwei verknitterte Senioren, die hinter dem Stephan standen. Doch es handelte sich schlicht um zwei Fremde, die dort herumgestanden waren und meine Begrüßung ganz irritiert entgegennahmen, ohne sie richtig zu erwidern. Dann wollte ich meine Begrüßung auf den Stephan ausdehnen, doch der war bereits weitergelaufen und schien mir hernach, als ich ihn wieder eingeholt hatte, auf seltsame Weise sehr auf Abstand bedacht. Später redete ich mir ein, es sei, weil ich so nach Knoblauch gemüffelt habe.*

Um den Tag angemessen zu begrüßen, legte die Mireille am Morgen eine Schallplatte auf: Dinu Lipatti spielte Scarlatti. (Ein Reim)

Zum Frühstück sprachen wir über Schwule, und wie dererlei nun voll im Trend läge. Es reiche wenn jemand wie nebenbei folgende Worte dropt: „Iwan König ist ein hervorragender Pianist, stockschwul zwar...." und man hat diesen Ruf weg - für immer.

Einen Ruf, den man nie wieder los wird, selbst dann, wenn man eines Tages doch noch heiraten sollte.

Einmal telefonierte ich mit dem Kirchenmusikus Herrn Hecker, der am Telefon immer so unglaublich freundlich klingt, daß man beim ersten Treffen in Kürze sehr an sich halten müsste, um nicht zu sagen: „Herr Hecker, darf ich Ihnen zur Begrüßung ein Küßchen geben?"

Als wir durch den Regen zu unserer geliebten Krankenhaus-Cafeteria liefen, erzählte ich der Mireille von den Heckers, die ich doch streng genommen überhaupt nicht kenne: „Ich möchte schwören, daß seine Frau Sabine heißt!" entsprudelte es mir, „blond, blass und ewig unzufrieden - der klassische Migränetypus!" Als ich anrief war die eheliche Stimmung grad im Arsch. Die Frau habe aus dem Bad heraus unschön an ihrem Mann herumgemeckert, und so war es für Herrn Hecker wie Balsam, daß er in ein nettes normales Telefonat mit einer Dame (mir) abtauchen und seiner Frau durch gönnerhaft beschwichtigende Handbewegungen zu verstehen geben durfte, daß sie vorerst kurz schweigen möge. („Nörgeln kannst du immer noch, Frau, aber bitte nicht jetzt!")

Als wir an unserem Stammtisch am großen Fenster Platz genommen hatten - ich bestellte ein Croissant mit Marzipanfüllung und die Mireille mümmelte wie alle Tage eine Tasse Tee, aus der etwas Dampf emporstieg - ging es weiter mit meinen Psychologaten: Diesmal sprach ich über das Ehepaar Reimer, das nach höheren Werten im Leben suche. Frau Reimer hält esoterische Seminare ab und schwört auf die Kraft des positiven Denkens. Alles, was ihr widerfährt, deutet sie für sich positiv um.

Durch den Regen begaben wir uns zum Schweizer Platz. Unterwegs begegneten wir zwei Patienten von Mireilles Chef - dem Doktor Nayman. Die Mireille verbeugte sich und sah mit ihrem Schirm anmutig und zart aus wie eine kleine Libelle. Das feine bunte Schirmchen entsprach den Flügeln, und die im Vorbeugungsvorgang leicht gekrümmte Gestalt dem Libellenkorpus. Der eine Japaner ließ mir eine saloppe Grußgeste angedeihen: Er machte ein erfreutes Gesicht, schwang seinen einen Arm in einer halben Umdrehung in die Höhe und ließ ihn eine Weile dort oben verharren.

Es regnete und regnete. Ich hatte mich so auf den goldenen Oktober gefreut, und nun? So freue ich mich eben auf den güldenen Januar vor, beschloss ich im Sinne von Frau Reimer dem Positiven im Leben eine Chance zu geben.

Die Mireille brachte mich heut auf den Hauptbahnhof, und dort begann ich vom Monat Januar zu schwärmen. Auch wenn's so regnete, daß dünne Wasserfälle vom Dach auf die Gleise herabströmten, freute ich mich plötzlich rasend auf Braunschweig vor.

„Dort wollte ich schon immer mal eine Woche Urlaub machen!" erzählte ich. „Ich tendiere dazu, meinen Urlaub an seltsamen Orten zu verbringen, wo andere vielleicht eher nicht urläubnen: Eine Woche Bielefeld oder Cloppenburg zum Beispiel. (Etwas das man der Hilde gar nicht erzählen dürfte, da sie dies bloß „komisch", aber nicht lustig finden würde)

Da quietschte auch schon der ICE herbei, und es galt, Abschied zu nehmen.

„Auf Wiedersehen, Mireille!" sagte ich warm.

„Auf Wiedersehen, Jasmine!" (Tschassmiin* – mit bayrischem Akzent). Ich mühte mich die Stiegen hinan und verschwand.

*Im Jahre 1994 hat die Mireille Ming und mich mal umbenannt, weil sie unserer Namen überdrüssig geworden war. Hierzu benützte sie Namen aus einer Geschichte von Gerhard Polt: Jasmine und Jean-Claude. Und seither hat sie uns niemals wieder anders genannt.

Der Waggon neben dem Speisewagen war so ekelhaft voll und zwei graumelierte Herren, die das Schicksal an den gleichen Ort gepustet hatte, wollten nicht so recht zusammenpassen.

„Würden Sie bitte ein wenig Platz machen?" sagte der eine ein wenig pampig und aufbrausend zum anderen. Kein guter Start für eine Bekanntschaft, wie man zugeben muß.

Obwohl.....sind es nicht immer die besten Freundschaften und Ehen, die keinen allzuglücklichen Start hatten? („„Erlauben Sie mal!" – und heute sind wir verheiratet". „Ich konnte ihn am Anfang nicht ausstehen!"... hört man dererlei nicht immer wieder?)

Schließlich kam ich glücklich auf einem Fensterplatz zu sitzen. Hier schrieb ich nun das Briefabo an die Veronika.

Auf dem Hildesheimer Hauptbahnhof wälzte sich eine graue Wolke auf das gefängnisartige Anwesen zu. In raschem Tempo bildete sie fünf giftgraue Ausläufe, die sich wie die gierigen Finger einer bösen Hexe über dem Vorplatz krümmten, als wollten sie einen kleinen Wicht aus der Masse der Ankömmlinge und Hinfortstrebenden am Schlawittchen packen, in die Höhe heben und mit galligem Atem bepusten.

Der Veronika als brieflicher Ansprechspartnerin schilderte ich den leicht verpickelten Jüngling mit der frischgemähten Rasenfrisur und den Walkmanstöpseln im Ohr, der mir gegenübersaß. Suchte man seinen Blick, so reagierten seine Augen auf die meinen wie die nicht zusammenpassenden Enden zweier Magneten, die man selbst mit Gewalt nicht aufeinanderstellen kann.

Den Brief beendete ich auf dem Braunschweiger Hauptbahnhof, und nachdem ich ihn endlich eingeworfen hatte, fuhr ich zur Katharinenkirche. Herr Hecker hielt soeben eine Chorprobe im Gemeindehaus ab. An der Tür pappte stolz eine ganz außergewöhnliche Rezension, die in der Zeitung erschienen war, und dies, obwohl es aus dem Probenraum heraus etwas jämmerlich und plattbrüstig heraustönte. Allgemein wartete man auf die Pause, und es war alles schon so nett für die fleißigen ehrenamtlichen Sänger hergerichtet. Zum Beispiel ein köstlich aussehender duftender noch ofenwarmer selbstgebackener Kuchen. Die Atmosphäre - Kuchen und Kaffee - hergerichtet von liebevollen graumelierten Damen, behagte auch mir ungemein.

In der Pause versuchte ich Herrn Hecker, der mir vom Telefon schon sehr vertraut war, nun endlich persönlich kennenzulernen. Doch zunächst hatte sich ein überproportionierter, raumfüllender Mensch - einem Telefonzellenusurpator gleich - mit ihm festgeschwatzt.

Ich schaute aus dem Fenster in das etwas mildmüd angestrahlte herbstliche Braunschweig hinaus und versuchte mich so zu fühlen, als sei ich die Neue im Orchester, die in der fremden Stadt noch niemanden kennt und nun Freunde finden muß.

Endlich wurde Herr Hecker zum Kennenlernen freigegeben. Ein schlanker und fröhlicher Herr von gewinnendem Wesen - leicht an unseren Vetter Carlo in Italien erinnernd. Gleich zu Kennenlernungsbeginn wurde mir eine dampfende Tasse Tee und ein Stück eines herrlich saftigen Gugelhupfs angeboten. Dann wurde mir mein Zimmer zugewiesen: Privat bei Familie Ludovik, die hier im Hause lebt: Einem Pfarrehepaar. Es war aber nur eine undefinierbare junge Untermieterin zuhaus, die mich mondkalbshaft musterte und dabei wirkte, als wolle sie gleich losmuhen.

Ich wollte mein Gepäck holen und sagte lapidar: „Bis gleich!" Doch ich kam nicht wieder, weil ich unten im Gemeindesaal mehr als zwei Stunden lang, bis zum Einbruch der Dunkelheit an meinem weiß Gott nicht einfachen Programm herumübte. Währenddessen lernte ich einen anderen jovialen Geistlichen kennen, den ich kurz und irrtümlich für Herrn Ludovik hielt, und mich bereits über ihn als Gastvater freute. Er erzählte, wie er sich schon besonders auf die C-Dur Sonate freue, und dann retirierte er sich ins Zimmer nebenan, um seine Sonntagspredigt vorzubereiten. Später lernte ich dann die *Frau* Ludovik kennen - eine liebe, eifrige Frau, die mir mein Gästezimmer zeigte und mir einen Schlüssel aushändigte.

Mich zog es ins nächtliche Braunschweig, zu jenem geheimnisvollen Platz mit dem mittelalterlichen Gemäuer.

Ich präge mir diesen wunderschönen Anblick intensiv ein, um in der Erinnerung immer wieder daran zu nippen. Dann ließ ich mich in einem kleinen rustikalen bayrischen Lokal in der Fußgängerzone nieder. Ich bestellte einen Salat mit Schinken und Käsestreifen. Eine unpersönliche Kellnerin zündete mir eine Kerze an und entfernte sich ohne ein weiteres Wort. Ein Herr legte ein kitschiges Madonnenbildchen und einen Zettel vor mir ab. „Ich bin taubstumm! Bitte zahle Sie mir, was Sie mit ihre Herze zahle" stand da auf kanackendeutsch. Dann bestellte ich mir auch noch einen Apfelstrudel. Der ganze Spaß kostete mich 18,50 DM. „Zwanzig!" sagte ich generös zu der gedörrten

Bedienerin. Sie verstand jedoch 25, und rückte nur 25 Mark wieder raus. „Zwanzig!" repetierte ich.

„Oh, Entschuldigung!" sagte sie zerknirscht.

„Kein Problem!"

Bei meinen Gasteltern war es so still. Vom Pfarrer Ludovik, dem ich mich doch vorstellen wollte, habe ich lediglich den Rücken kennengelernt ´, als er im Schlafzimmer verschwand.

Ich fühlte mich einsam und traurig.

Sonntag, 11. Oktober

Ganz grau. (Feucht grau) Hie und da Regen

Im Traum *trafen sich Bill Clinton und Monica Lewinsky wieder. Zwischen ihnen tat sich, nach all dem was vorgefallen war, Verlegenheit auf, mehr noch: Man war einander fremd geworden und hatte sich nichts Rechtes mehr zu erzählen.* Wie im wirklichen Leben *wartete am Morgen eine Matinée auf mich: Bloß hatte ich blödsinnigerweise meine Geige daheim vergessen – Halt nein! Jetzt fiel es mir wieder ein: Hatte ich sie nicht ins Schließfach im Hauptbahnhof gebettet? Ich hätte schwören mögen, daß ich sie dort herausgehoben und im Kofferraum eines Taxis verstaut hatte, doch nachdem mich das Taxi zur Konzertierstätte gebracht hatte, war der Kofferraum leer. Lediglich eine müffelnde Hundedecke lag darin herum.*

Bei den Ludoviks ist es äußerst lautlos und wirkt hinzu ganz dämmrig, da überall die Netzgardinen zugezogen sind. Der Tag wirkte so unangetastet, wie ein Geschenk, das man vergessen hat, auszupacken - oder aber ein Brief, den man vergessen hatte, zu öffnen.

Im Papierkorb lag ein Brief, den Herr Ludovik einer Dame zum 85. Geburtstag geschrieben hatte. Doch dann schienen ihm die Zeilen nicht poetisch genug und verwarf ihn wieder, um einen neuen zu beginnen. Nun aber raschelte es, und ich lernte einen sehr freundlichen und doch vielleicht ein wenig fahrigen und in sich gekehrten Herrn kennen, der die Tendenz aufwies, den Kopf beständig in die Hand zu stützen, da er ihm vielleicht ansonsten herabhinge wie eine Blume, die zu gießen man vergessen hatte.

Ich weiß nicht, ob es zu wenig feinfühlig war, aber recht bald schon brachte ich die Sprache auf Pastor Geyer, den Mordpastor oder auch Knastor, der wegen Mordes an seiner Frau Veronika angeklagt worden war und nun für die nächsten fünfeinhalb Jahre einsitzt - wenn er zwei Drittel der Strafe verbüßt hat.

Dies tat ich, weil ich schmale Talke immer gern im Keim ersticke, um Platz für pikantere Themen zu schaffen. Der Pfarrer Ludovik hat seinem gestrauchelten geistigen Bruder jedoch nicht die Stange halten mögen, und zweifelt nicht an seiner Schuld. „So viele Zufälle gibt es nicht!" sagte er lapidar.

Zum Frühstück wurden warme Dampfbrötchen gereicht. Der Herr hat jedoch, einem eilig fahrigen Familienoberhaupte gleich, bald zu wichtigerem Tun aufbrechen müssen, und ich fragte die emsige kleine Frau interessiert, wie das wohl so sei, einen Dauergast zu haben. Man bemerke es kaum, hieß es. Anne-Kathrin sei sehr ruhig - fast ein bißchen *zu* ruhig; und das dumme junge Ding, das von Chemnitz rübergemacht hat, ist typischerweise natürlich nicht in meinem Konzert gewesen, da es mit der Kultur nichts am Hut hat.

Das Konzert um elf Uhr vormittags fand im Rathaussaal statt. Von der Bühne aus konnte man durch große Glasfenster ins trübe Braunschweig hinausschauen. Man blickte auf Gestalten - vertraut und fremd in einem - die ihren Lebensweg in unterschiedlichen Tempobezeichnungen zwischen Lahmagio und Hektissimo abschritten.

Die Bühne war liebevoll mit Sonnenblumen geschmückt. In der ersten Reihe saß Herr Hecker mit dem Pfarrer Fahrmeier, der beim Applaudieren seinen Wangenspeck erzittern ließ. Nach den Sonaten applaudierte er rasend schnell und außer sich vor freudiger Begeisterung.

16 CDs verkaufte ich, und im Künstlerzimmer lernte ich eine Seniorin kennen, die ich nach ihrem Jahrgang befrug. Jahrgang 1915 - also nur zwei Jahre jünger als unsere Oma Ella und doch noch so mobil, daß sie übermorgen nach Chicago fliegt, um ihren neugeborenen Urenkel kennenzulernen.

Mobbl könnte man sich eventuell noch über den Wolken vorstellen, den Opa jedoch nicht mehr, und die Oma Ella leider schon gar nicht.

Vor zwei Jahren wäre die Oma jedoch eventuell auch noch so mobil gewesen, hoffte ich um der Hoffnung willen. Eine rückwärts gewandte Hoffnung, wenn man so will.

„So eine jugendfrische Uroma hätt´ ich auch gern!" sagte ich wehmütig und schickte die Gedanken zu meiner geliebten Uroma, von der ich nicht einmal genau weiß, wo sie begraben ist.

Für meine Verehrerin Frau Lange, eine puppige sechzigjährige Dame mit blondiertem Bubikopf (auf den Tag genau einen Tag älter als Buz), war es sicherlich aufregend, daß heut eine bedeutende Interpretin zum Mittagessen kommen wollte. In freudiger Erwartungshaltung stand sie im Türrahmen.

Frau Lange hat ein ganz neues Auto mit bloß 3000 Kilometern drauf - glänzend paprikarot lackiert - ein Augenschmaus!

Gemeinsam fuhren wir in die Nachbarstadt Wolfenbüttel. Gutmütig hörte ich mir Frau Langes Geplapper an.

Ich bereute es ein bißchen, daß ich Herrn Hecker nicht gefragt habe, wie seine Frau mit Vornamen heißt. *Eine wunderliche Frage, zugegebenermaßen,* hätte ich dem vorausschicken können, „doch ich bilde mir ein, daß ich beim Klang einer Stimme sofort weiß, wie jemand heißt!" Dann hätte er mir wahrscheinlich irgendeinen Namen genannt und ich hätte sagen müssen: „Schade! Ich hätte geschworen, daß sie Sabine heißt!" *hätte, hätte, hätte*....

Manchmal waren die Monologe von Frau Lange ein bißchen interessant: Es ging um ihre Tochter Kerstin, die seit ihrer Geburt vor einem knappen viertel Jahrhundert vom Pech verfolgt wird, und in einem abscheulichen bräunlichen Hochhaus lebt, an dem wir soeben vorbeifuhren. Etwa dreimal die Woche schneit die 25-Jährige unangemeldet bei den Eltern herein und geht gleich an den Kühlschrank. Da hat ihr Mutti Lange aber den Marsch geblasen und einen pädagogischen Wortwirbel drum gemacht: „Sonntags gerne - aber nicht jeden Tag!"

Das Ehepaar Lange selber wohnt ganz schön in einem Eigenheim mit Garten, und kaum waren wir angekommen, da schien es Mutti Lange mit einemmale eine Herzensangelegenheit, daß die Kerstin ihre Diana-Variante (mich) kennenlernt.

Aber als Vati Lange anklingen ließ, daß das Fräulein Tochter gar nicht so scharf auf das allsonntägliche Heile-Welt-Mittagessen sei, wurde Mutti Lange ganz kopflos vor Enttäuschung. Sie gackerte herum, griff sich den Hörer und wählte ganz erbost eine Nummer: Ihre Stimme nahm einen scharfen mahnenden Klang an: „Du hast sehr lange geschlafen, Mädchen!" schmetterte sie eine erste Erbosungsphrase durch den Hörer, da die lebensverdrossene Kerstin womöglich total verschlafen klang; doch um es kurz zu machen: Die Kerstin lernte ich heut nicht mehr kennen. Stattdessen hab ich jetzt den Tochterersatz gemacht, und dies wäre ja ein Traum für Mutti Lange: *Mich* als Tochter, denn mit der Kerstin ist einfach kein Auskommen. Sie sei unter einem unglücklichen Stern geboren und befände sich ihr Lebtag lang bereits auf der Verliererseite. Sie sei mager und trübsinnig und kein Mann schaut sie länger als zwei Sekunden an. Die Langes sind ganz ratlos und stöhnen viel über ihr Kind, das sich nicht darauf versteht, sich ein lebenswertes Leben aufzubauen.

Rührenderweise hatte Mutti Lange unsere CD als Tafelmusik eingelegt.

Es gab ein so wunderschönes Sonntagsessen und Mutti Lange holte gar einen edlen Weißwein aus dem Weinkeller. Als Hauptgang gab es eine köstliche Pilzpfanne wie bei Möwenpick in Münster: Mit Spätzles und Rosenkohl, und sogar einen Zwischennachtisch gab´s: Apfelmus - und einen echten Nachtisch gab es auch: Viennetta-Eis!

Frau Lange plauderte intensiv auf ihren gut-, aber auch ein wenig gleichmütigen Ehemann ein. Der Inhalt ihrer Worte war allerdings für mich bestimmt: Früher, als die Kerstin noch daheim lebte, gab es viele Spannungen, doch jetzt, wo sie außer Haus ist, haben sie sich einen gepflegten Umgangston zugelegt, und zum Abschied bekommt Mutti Lange gelegentlich auch mal ein Küßchen, und die Kerstin sagt: „Tschüss, Mutti!"

Ich dachte an meine Abschiede von Rehlein. Rehlein wird mit intensiven Küssen regelrecht überschüttet und ich sage: „Rehlein, ich liiiiiiiiiiiiiiiiiiiiiiiibe Dich! Mehr als alles auf der Welt!" und meine es auch tausendfach so.

Vielleicht sollte ich auch mal ne neue Platte auflegen? Rehlein bekommt zum Abschied ein Küßchen und ich sage: „Tschüss, Mutti!"

Nach der köstlichen Mahlzeit nahmen wir noch einen finalen Kaffee im lugubren Sofaeck ein, bevor mich Mutti Lange auf meinen ICE zur Oma brachte.

In der Eisenbahn.

Ich stand am Fenster und bewunk Mutti Lange so lang, bis ich aus ihrem Sichtfeld hinfortgesogen war; und wer kann diesen Schmerz besser nachempfinden als ich? Ein liebgewordener Gast löst sich auf wie eine Wolke, und daheim muß man sich irgendwie mit der Lücke arrangieren, die er hinterlassen hat. Mir gegenüber saß eine sehr nette Frau mit reich ondulierter Frisur, die ausschaute, wie eine verzauberte Prinzessin, weil sie halt schon so alt war.

Ohne weitere Vorkömmnisse fuhr ich nach Grebenstein, wo ich rechtzeitig zur „Lindenstraße" eintraf. Warm flutete das Licht aus Omas Wohnung, doch leider ist unsere Oma ganz plötzlich tütelig geworden. Ich war ganz verzweifelt, weil ich nicht wusste, wie ich das durchhalten solle. Gespräche auf Frau-Meßner*-Art mit unserer Oma, mit der man sich einst so schön und geistvoll unterhalten konnte?

*Eine tütelige alte Dame, die in unserem Haus im Tal in Trossingen lebte und immer nur Dinge sagte wie: „Ischd Elfie net do??" und zur Elfie sagte sie: „Ischd Franziska net do?" (Ist die Elfi nicht da?)

Unzählige Male sagte die Oma: „...und was sagt er? Dein Pfarrer? Erzähl mal!"

Nur die Telefonate mit dem Onkel Eberhard, Buz und Uta gaben mir noch ein wenig das Gefühl, Teil des realen Lebens zu sein.

Nach einer Weile gewöhnte ich mich allerdings an den neuen Zustand und plapperte nett mit der Oma. Gemeinsam lösten wir das Silbenrätsel in der Zeitung, und am Abend saßen wir - so wie früher oft - zärtlich aneinandergeschmiegt auf dem Sofa. Ob Buz in 25 Jahren auch so weit ist?

Trotz des Jammers verlor ich nie ganz meine gute Laune. Jetzt ist die Oma halt eine *wirklich* alte Dame, nachdem sie zuvor nur ein bißchen wirklich alt war.

Und dann brachte ich die Oma liebevoll zu Bett. In Omas stäubendem Strumpf, den ich von den greisen Füßen abpellte, hatte sich ein Ohrwusler verfangen, der ganz erschrocken aus seiner Behausung heraus unter das Bett hinwegkrabbelte.

Am 26.7.1972 war die Oma auf den Tag genau so alt, wie Rehlein es heute ist. Damals lebten wir in Taiwan und hatten nur wenig von unserer Oma. Gelegentlich kam mal ein Brief, der bei Tisch vorgelesen wurde, und mir damals etwas förmlich schien, da ja die Oma Sekretärin von Beruf war. Sie schrieb: „Von Uta in Rom habe ich auch gute Nachrichten. Die kleine Letizia scheint nicht so gut zu hören."

„Was hat denn meine Mutter für einen seltsamen Schreibstil?!" knurrte Buz damals - und ich habe seine Worte noch heute im Ohr, als seien sie eben erst gefallen.

Montag, 12. Oktober

Wechselhaft.
Mal glänzte die Sonne
unter nassgeheulten Wolkgebilden hervor -
dann wieder grau und kalt

Am Morgen ging es mir ein wenig so wie Helga Kwazolla, der Dame im Haus gegenüber, die morgens Angst vor dem Aufwachen hat. Schon vor langem hat sie aufgehört zu hoffen oder zu glauben, daß der Tag irgendetwas Erfreuliches für sie bereit hält, und so fühlt sie sich vom Tage bereits überfordert, bevor sie ihn überhaupt angeknabbert hat.

Im Kühlschrank hat mein geliebter Onkel Eberhard Pilze und Fleisch hinterlassen, aber das Kochen habe ich mittlerweile verlernt. Außerdem bereitet es mir schon solch eine Mühe, überhaupt ein gescheites Frühstück aufzudecken.
  Omas Wohnung ist von Menschen mit viel Sinn für Ordnung und Gemütlichkeit, liebevollst hergerichtet worden.
  Sinn für Ordnung habe ich zwar auch, bloß handelt es sich dabei um eine krankhafte Ordnung. Und da eine solch gestörte Ordnung, wie sie mir vorschwebt, und wie man sie beispielsweise in der

Wohnung meines Klavierlehrers, Herrn Bloser, oder auch jener vom Pfarrer Lücht in Täbingen, vorfindet illusorisch ist, fange ich erst gar nicht damit an, mich drum zu bemühen.

Also erzählte ich der Oma von Herrn Bloser: In seiner Wohnung ist alles neu. Es blinkt und blitzt, als sei es soeben in Glacéhandschuhen geliefert worden, und nicht von der schwieligen Hand eines arbeitsamen Möbelpackers. Die karamellfarbene Toilette ist fabrikneu und sieht aus, als sei sie noch niemals benützt worden. Und noch nie scheint jemand die kunstvoll aufgeplusterten Sitzkissen auf seinem Sofa plattgesessen zu haben.

Zum Frühstück rief meine neue Freundin Angelika Homori an, um sich mit mir zusammen ein Programm auszudenken. Die Angelika wollte mich dazu animieren, Beethovens geistvolle Es-Dur Sonate in die D-Dur Sonate aus meinen Wunderkindjahren umzuwandeln.

Dann freute sie sich auf Art eines fröhlichen Backfischs darauf, daß ich sie vielleicht bald in Budapest besuche. (Von Ofenbach aus ein Katzensprung)

Nach dem erfrischenden Telefonat setzte ich mich wieder an den Tisch und freute mich sehr, weil ich mir einredete, die Oma sei schon fast wieder wie früher. Die Verwirrtheit ist weitestgehend abgeklungen.

„Wie sich mein Papa freut, wenn ich ihm dies erzähle!" jubilierte ich innerlich.

Leider war die Oma nicht gut auf die Helga zu sprechen, der ich beim Telefonieren durchs Fenster so fröhlich zugewunken hatte. Die Helga ist schon sehr lange nicht mehr gekommen, weil sich die Damen überworfen haben. Ihre Mutter, Frau Cionczyk, ist allerdings doch da gewesen und brachte Puddingpulver für Omis Nachspeise.

„Wo die Liebe hinfällt!" sagt Omi Cionczyk oft. Zum Beispiel, als die Rede auf ihren lang verstorbenen ersten Ehemann gelenkt wurde. Leider ist Omi Cionczyk gegen Omas Söhne ein wenig streng eingestellt, weil sie sich nicht pausenlos um ihre alte Mutter kümmern. Die Oma kann Klagen dieser Art schon nicht mehr hören, und so mögen sich die beiden Damen leider nur ein bißchen.

Einmal tutete die Alarm-Rückmeldetaste, die jeden Morgen gedrückt werden muß, um der Zentrale zu bedeuten, daß die Oma noch lebe, und ihre Rente weitergezahlt werden müsse.

Die Oma wurde davon richtig hysterisch, und bedeutete mir in wilder Panik, daß ich ganz schnell die Taste hinabdrücken möge. Ich hab aber die falsche gedrückt, und da hat es gar nicht mehr aufhören wollen zu tuten und zu prusten, so daß sich blinde Raserei in der Stube ausbreitete.

Ansonsten ist es aber unglaublich, wie sehr man sich an ein Leben im Elend gewöhnt. Zum Üben komme ich - einer Mutti mit Kleinkind gleich - nur noch kaum. Lediglich dann, wenn die Oma mal in der Toilette verschwindet, knappse ich mir in dem engen Teezimmer ein paar Übminuten ab und freue mich - bescheiden geworden - über jede fünfminütige Übeinheit.

Die Oma hat ein wenig spazierengehen wollen und ich half ihr in ihr Mäntelchen hinein. Eine weitere Verdrießlichkeit hatte sich aufgetan: Ich hatte doch nur meinen häßlichen roten polnischen Anorak da, und wenn ich morgen mit Buz ins Konzert gehe? Im Geiste *hörte ich Buz bereits sagen: „Das ist gar zu grausam! Sooo nehme ich dich nicht mit."*

Jetzt da wir spazieren wollten, hat es draußen regelrecht stürmisch genieselt. Der Wind peitschte den Regen hinzu noch ganz schräg herum, und so schälte ich die Oma wieder aus ihrem Mäntelchen heraus. Wir setzten uns aufs Sofa und schmökerten ein wenig in der Zeitung.

Götz George hat Thomas Gottschalk bei „Wetten dass..." beleidigt. Dies tat er, weil er schlecht gelaunt war. Der professionelle „Sonnyboy" hatte seine Mühe, die Contenance zu wahren, nachdem er als „Oberlehrer" beschimpft worden war. Schlimmer wäre es allerdings gewesen, man hätte ihn „Kanalarbeiter" oder gar „Kloputzer" genannt, wie unser Freund Heiko mal von einem aufgebrachten Kellner tituliert wurde.

Dann las ich die Rubrik „Menschen vor Gericht" vor: Über Simone L., die in einer Lebenskrise stak und das viele Geld, das sie als Sammelbestellerin einer Kaufhauskette einzutreiben pflegte, ganz durcheinandergebracht und zum Teil gar veruntreut hatte. Jetzt hat sie 15 000 Mark Schulden, doch der

Richter rechnete es ihr ein wenig an, daß sie grad umgezogen, ihre Ehe in die Brüche gegangen war, und sie mit drei kleinen Kindern allein dastand.

So ähnlich ging's der Oma doch auch mal! plapperte ich. Ihr Mann zog in die Kelzer Straße auf den Friedhof, und sie stand mit **vier** Kindern alleine da.

Dann lasen wir noch über den 39-jährigen Pfarrer von Calden, der ein neues Leben beginnen will: Demnächst zieht er nach San Francisco, um Psychologie zu studieren. Einen Nachfolger haben die Caldener auch schon gefunden: Frank Himmelmann tritt am ersten November seinen Dienst an.

„Ein wirklich passender Name für einen Geistlichen!" sagte ich auf Art eines Menschen, der sich nach diesen Worten zufrieden zurücklehnen möchte.

Inzwischen war das Wetter etwas milder geworden, und so sind wir ja doch noch zum Spaziergang aufgebrochen.

Die Oma wackelte in ihrem kleinen Gehkäfig neben mir her. Ganz plötzlich hat sich die Welt in jenem Sinne verändert, daß sich die Entfernungen, die man früher im Schwung genommen und als solche überhaupt nicht wahrgenommen hatte, erbarmungslos in die Länge gezogen haben. Wer hätte beispielsweise gedacht, daß aus dem simplen Weg bis zum Supermarkt und wieder zurück ein zweistündiger Tagesausflug würde? Und dies hinzu in kalter, nassklatschender und windiger Wetterlage.

Ich habe das Gefühl, pausenlos herumzubedenken, und dann gibt´s trotzdem immer noch so viel, was man eben nicht bedacht hat. Zunächst hatte ich ganz lange keinen Schirm gefunden, und als wir dann losgelaufen waren, hätte ich mich ohrfeigen mögen, daß ich nicht an Handschuhe für meine kleine Oma gedacht hatte. Auf dem Heimweg hat sich hinzu noch jenes orange-rosa farbene, baiserförmige Hundekackwürstl, das auf der Brücke lag, an einem Reifen an Omas Wägele aufgerollt. Ein Würstel, über das ich auf dem Hinweg noch eher peripher und wie nebenbei gedacht hatte: „Welch Glück, daß wir da nicht hineingerollt sind!"

Neben mir wackelte der Winter des Lebens. Gottlob schien, als wir aus dem Supermarkt wieder in die Freiheit hinaustraten, mild die Sonne, und vom Supermarkt nachhause hat´s nochmal eine ganze Stunde gedauert. Auf diesem Weg begegneten wir dem Ergotherapeuten Ulf, der heut eigentlich hätte zur Oma kommen sollen.

Das kleine verglimmende Lebenslicht neben mir sagte: „Sie armer Mann!"

„Ne, ich bin kein armer Mann!" sagte der Ulf auf rustikale Weise.

Zuweilen weht mich - einer Warmluftströmung im Frost nicht unähnelnd - ein optimistisches Gefühl an, und ich rufe Dinge wie: „Wir sind immer noch schneller als die schnellste Schnecke der Welt!"

Am Getränkemarkt vorbei schlängelten wir uns dem Burgberg hinan. Ich versuchte, der Oma mit der Geschichte von der 24-jährigen Dame, die schon mal einen Schlaganfall erlitten hat, Mut zu machen. „So was ist allerdings sehr, sehr selten!" fügte ich auf mingesart rasch hinzu, um mich selber ein wenig zu beruhigen. Bloß nützen Worte dieser Art wenig, wenn man sie an den Betroffenen richtet.

Dann rechnete ich der Oma aus, an welchem Tag in diesem Jahrhundert sie wohl auf den Tag so alt war, wie ich es heute bin? Das Ergebnis verblüffte: An Heiligabend 1948! Stellvertretend für die Oma versuchte ich mich nun an diesen Tag zu erinnern, auch wenn´s mich selber damals doch noch gar nicht gegeben hat. Das letzte Weihnachtsfest bevor die Bunzrepublik gegründet wurde? Das erste Weihnachtsfest, an dem der kleine Eberhard sich auf seinen eigenen Beinchen durchs Leben zu bewegen begann.

Endlich waren wir wieder daheim, und als die Oma auf dem Sofa saß, mußte ich vor dem Hause in beißender Kälte erstmal das Wägelchen säubern. Auch ein Regenwurm war aufgespult worden und hatte einen mittelalterlichen Tod gefunden. Und dieser kleine Regenwurm tat mir plötzlich so schrecklich leid! So ein sinnloser Tod. Unschuldig wurde er auf das Rad geflochten.

Dann sah ich die Bescherung: Das Hundekackwürstel war Zentimeterdick in die Reifenscharniere hineingedrückt worden und mußte mit einem Ast herausgekratzt werden. Es war so ekelhaft!

Zum Tee kam Omas Helferin Babette. Eine windschiefe junge Dame mit leicht zerblasener Frisur, die man für die Omi angemietet hatte. Zeitgleich traf auch Frau Cionczyk ein, um nach dem Rechten zu sehen. Ebenso, wie die Oma selber, war sie angstvoll darauf bedacht, daß ich meinem Papa jaaaa das Bett gescheit herrichte. Dann schaute die Oma bang drauf, daß ich Frau Cionczyk auch ja gescheit beim kochen helfe. Gemeinsam standen wir in der Küche. Der Helga geht´s leider auch nicht „so"(?), erfuhren wir. Sie ist zu dick und muß so viel arbeiten.

Abends briet ich Pilze mit Zwiebeln und das Filet vom Onkel Eberhard. Die köstliche Mahlzeit wurde jedoch ganz und gar von einem Telefonat beherrscht: Das Evchen, eine junge Kollegin von der Oma, hatte angerufen und sich in larmoyanten Schwung geredet! Die Oma sagte nach jedem Satz „Biddö?"

Nach dem Essen telefonierten wir sehr nett mit Rehlein. Die Oma lobte mich mit freundlichsten Worten bei meiner Mutter, und man konnte fühlen, wie das süße Rehlein am anderen Ende der Leitung von diesen Worten immer vergnügter wurde.

Erheitert erzählte ich meiner Mama, daß die Oma den ganzen Abend lang sehnsuchtsvoll auf Buzens Anruf gewartet hat, und um sich die Wartezeit ein wenig zu vertreiben, habe sie mit dem Evchen telefoniert, währenddessen sie jedoch immer hibbeliger wurde, da sie es nicht fassen konnte, daß der dumme Junge nicht endlich mal anruft. Erst da fiel ihr ein, daß ja das Telefon die ganze Zeit besetzt war.

„Ach Gottchen!" sagte die Oma ein- ums anderemal unglücklich. Jetzt hatte sie sich ganz zu Unrecht über Buz geärgert, und Buz seinerseits hatte sich vielleicht auch geärgert, daß das Telefon die ganze Zeit besetzt war, so daß er jetzt gar nicht mehr anruft.

Wir schauten RTL-Explosiv:

Auf einer Esoterikmesse hat sich jemand ein Späßlein erlaubt: Er pries einen ganz normalen Staubsauger als Aurasauger an. (Allerdings zum vierfachen Preis)

Ein herbeischlenderndes schwäbisches Pärchen blieb stehen und zeigte sich interessiert.

„Wenn man regelmäßig seine Aura saugt...", so wurde es von fachkundiger Zunge anreferiert, hätte man eine deutlich bessere Ausstrahlung und ziehe viel mehr Freunde an - sprich: Interessante Menschen, die einem nützlich sein können und Freundschaft schließen möchten. Dies könne auch berufliche Auswirkungen haben: Wenn man sich beispielsweise für eine gutdotierte Stelle bewirbt, oder sich irgendwo zur Wahl aufstellen lässt.

Er begann ein bißchen an der Frau herumzusagen, und sagte nach einer Weile: „Jetzt müssten Sie eigentlich schon etwas merken! Eine gereinigte Aura fühlt sich deutlich besser an..."

„Ja, i glaub scho...." die junge Frau schaute ihren Freund etwas verunsichert an und in ihren Blicken schwang die Botschaft, daß „so ö Investition" so eine Investition sich ihrer Meinung nach „scho lohne dät" schon lohnen täte.

Den Fortgang der Geschichte bekamen wir leider nicht mit, denn die Oma verschluckte sich bös! Sie lief ganz rot an und konnte gar nicht mehr aufhören zu husten und zu prusten. Es war, als wolle der Sensemann grob an ihr herumrütteln. Doch unsere tapfere Oma stemmte sich dagegen.

Dienstag, 13. Oktober

Vormittags zuweilen ein Lächeln der Sonne, ansonsten feucht, aber angenehm frisch

Man legt sich ins Bett und hofft, daß man nie wieder aufwachen muß.

Unter den dicken Decken auf der Pritsche im Teezimmer fühlte ich mich ofenwarm und gleichzeitig ganz schwach.

Schließlich wuchtete ich mich ins Tagesgeschehen hinein. Liebevoll und mit einem Lied auf den Lippen, wie der Onkel Hartmut, deckte ich am Frühstückstisch herum.

Die Oma mit ihrem geschnurrten Haupt und einem quadratisch aufgerissenen Mund schlief noch.

Zum Frühstück erschien Omi Cionczyk mit der Zeitung und setzte sich ein wenig zu uns. Sie sprach über ihre Osteoporose und die Knubbel in den Fingern, die ihr die Arbeit zu Mühe und Pein gerinnen lassen.

Als sie wieder weg war, saßen wir so rum und warteten, daß vielleicht mal jemand anruft und das Telefonat dem Leben einen neuen Kick verleiht, denn so alte Menschen wie die Oma haben irgendwie gar keine rechten Zukunftspläne mehr. Schließlich rief der Onkel Hartmut an. Der Hartmut sagte so rührend: „Ach, ich bin so betrübt..." da er lieber eine mobile Mama mit Argusaugen hätte, anstelle einer welken Gestalt, die kaum noch etwas sieht.

Nach dem Telefonat zupften wir an der Zeitung herum und warteten auf Buz.

Wenn ich wirklich gewollt hätte, so hätte ich ja längst mit meinem Violinspiel anheben dürfen, doch inmitten Tee und Zeitungsbergen wurde ich immer dröger und dachte gelegentlich nur am Rande: „In zehn Minuten fange ich ein neues Leben an!"

Die Oma erzählte mir, daß die Schrödersche nebenan es unverantwortlich fände, daß Omas Kinder ihre alte Mutter alleine in der Wohnung werkeln lassen, statt sie zu sich zu nehmen.

Wie schwere Schwaden hängen die bösen Gedanken von Mutti Schröder in der Luft: Daß wir zu geizig sind, um die alte Dame in eine Seniorenresidenz umzutopfen, und *sie* dann die Dummen seien, wenn was ist!

Ich dachte an Frau Reimers Seminare über das positive Denken und erzählte der Oma, daß es andere Familien weitaus schlimmer erwischt habe: Daß sie nämlich eine Oma haben, die nur noch rumbruddelt, und kein Mensch versteht mehr, *was* sie da bruddelt. Zu diesen bekümmerlichen Worten mußte ich an Frau Heike denken, deren Mutti mit 83 Jahren nach einer mehr als zwei Jahre währenden, gänzlichen Verblödung starb. Zum Schluß sei die einst hübsche und lebenslustige Frau nur noch ein Schlauch ohne Verstand gewesen. Ein Regenwurm in Form einer welken menschlichen Gestalt - mehr nicht.

Mittags legte sich die Oma aufs Sofa. Ich half ihr beim Hinbetten und natürlich - wie es bei den Uralten so üblich ist - sah es nun ein bißchen aus, als läge sie auf dem Katafalk.

Ich übte in dem leicht müffelnden Urbettzimmer bei offenem Fenster. Das eine Ohr auf den Bahnhof, das andere auf die göttlichen Klänge von Bachs C-Dur Sonate gerichtet. Im Spiegel spiegelte ich mich als reife Geigerin mit einer nicht unsympathischen Röllchenfrisur, und dachte etwas gleichmütig: „Über kurz oder lang bin auch ich so eine Art Wanda Wilkomirska!"

Eine schnattrig veranlagte ältere Geigerin, die man gelegentlich als Jurorin bei internationalen Wettbewerben antrifft.

Dann kam alsbald der süße Buz. Als ich die Rädchen seines Köfferleins surren hörte, eilte ich geschwinde ins Teezimmer, um vom Fenster aus einen Buzaufgang mitzuerleben: Zunächst zeigte sich die Spitze seiner Frisur und schließlich schob der ganze Mensch nach. Für uns ein Heiliger!

Leider kann man nicht behaupten, daß Buz eine besondere Stimmung mitgebracht hat. Ich tischte auf, und Buz verbreitete eine dröge Geistesabwesenheit. Wir erfuhren, daß die Professur, auf die Buz sich nochmals beworben, und im Juni 1996 eine grandiose Darbietung hingelegt hatte (Konzert & Vorunterrichten), derzeit gar nicht besetzt wird, so daß ein Traum, der Buz zwei Jahre lang begleitet hatte, wie eine Seifenblase zerplatzt ist.

Dann schellte es an der Tür und die Helga, die Buzens Kommen ebenfalls bemerkt hatte, brachte uns sechs Kuchenstücke, die vom Geburtstag ihres Mannes übriggeblieben waren.

Während der gemütlichen Kuchenstunde erschien der Dr. Luthard und mußte uns leicht tadeln, weil wir mit unserer Oma ganze Tagesausflüge zu machen pflegen! Er habe uns gestern gesehen.

Omas Kreislauf war aber noch ganz stabil und nichts spricht dagegen, daß sie noch zwanzig Jahre lebt.

Buz wackelte mit seiner alten Mama den Burgberg hinauf.

Eigentlich zog es ihn in ein Konzert nach Kassel. Es war ihm ein Herzensbedürfnis, seine Schülerin Nora - eine „Barbara Wussow des Violinspiels" - als Tuttischweinderl im ausgedünnten Sparkonzert des Pforzheimer Kammerorchesters - von der Bühne quadratisch umrahmt - beim Dödl-dö Spiel hautnah mitzuerleben. Die Oma wurde ganz unglücklich und tütelig davon, und doch hat Buz der Veranstaltung wild hinterhertelefoniert. Leider ergebnislos, da Buz sehr schüchtern ist, und zudem kein sehr glückliches Händchen in solchen Dingen hat.

Zeitgleich mit der Ankunft der Reinmachefee aus Kasachstan, die ihrem Beruf zur Huld einen Mopp auf dem Kopf trägt und Frau Reimich heißt (früher dachte ich, sie hieße Frau *Reinlich*) kehrten Buz und Oma vom Spaziergewackel zurück.

Frau Reimich hat eine unglaublich tolle Putztechnik. Fast möchte man von einer Martha Argerich der Putzkultur sprechen. Nachdem sie ein wenig in der Wohnung herumgewütet hatte, sah alles picobello aus.

Wie einem kleinen Töchterlein machte es mir Freude, mit meinem Papa durch das sehr frisch wirkende Grebenstein zu promenieren. Ich erfuhr, daß Buz mal den Hörer vom aufschrillenden Telefon in meiner Wohnung abgehoben habe, und dann war´s die Hilde! Buz sprach betont gleichgültig über diesen Anruf. („Guuuht!")

Wie setzten uns auf einen Cappuccino ins Eiscafé. Buzens so freudiges Vorhaben, das Konzert zu besuchen, zerstob so langsam, zumal gar nichts darüber in der Zeitung zu lesen stand.

Leider war Buz eher ununterhaltsam und vergrub sich in die seichte Lektüre eines Schundblatts.

„Eigentlich hat es die Hilde an deiner Seite so gut gehabt!" schnitt ich ein für Buz nicht uninteressantes Thema an, „aber man vergisst, daß in jeder Frau der Welt etwas von des Fischers Fru steckt! Hat sie es gut, so hätte sie es gern noch besser!"

Schließlich liefen wir wieder den Burgberg hinan.

Buz geht das derzeit jämmerliche Schicksal seiner Mutter sehr nahe, gleichzeitig ist er jedoch darauf konditioniert, nicht allzuviele Gefühlsregungen zu zeigen. So griff ich nach seiner warmen Geigerhand, und aus Omis Stube sah man wieder tröstliches, warmes Licht herausfluten. „Schaut her. Sie ist vielleicht alt und blind - aber sie ist noch da!" möchte man ausrufen.

Zum Abendessen kochte ich genau das, was Buz sich gewünscht hatte: Fleischinseln mit Erbsen. Die Omi wackelte mit ihrem Gehkäfig in die Küche herein. Über einen Topf, der doch ganz normal ausschaute, sagte sie einfach: „Nein. Den nehmen wir nicht!" Worte, die eine Schwiegertochter, oder vielleicht sogar eine echte Tochter zur Weisglut gebracht hätten, ich aber blieb freundlich.

Das Abendessen war nett und leicht langweilig zugleich, weil Buz nämlich auf absorbierte Weise ein Kreuzworträtsel im *Stern* löste. Offenbar hat er im Rätseln eine kleine Nische gefunden, in die man sich zurückziehen kann, um sich vor all den Kümmernissen eines Schicksalsbewatschten zu erholen. Aber den ewig Umtriebigen in ihm hielt es nicht lang in dieser Nische. Ihn zogs hinaus, da ihm die Decke auf den Kopf zu fallen drohte. Und doch war er dazu verdammt, mit zwei Damen einfach nur so dazusitzen.

Einmal vermeinte Buz, den Eberhard anzurufen, doch er hatte sich leicht verwählt und so war es der Onkel Hartmut, der den Hörer abhob. Und als die vermeintlich verkalkte Oma dauernd „Hartmut!" sagte, korrigierte Buz seine alte Mutter auf leicht gönnerhafte Weise, da er dem vermeintlichen Eberhard doch soeben einen Wortwirbel drum gemacht hatte, daß es „dr Moddr" _{der Mutter (hessisch)} besser gehe. Und jetzt war Buz selber der Verkalkte!

Dann las Buz uns eine Geschichte aus dem *Stern* vor: Von einem Kieler Millionär, der für sich und seine Frau einen Killer angemietet hat. Da kam wieder Leben in Buz und er stellte sich vor, wie er die Oma mit nach Trossingen nimmt und ihr eine Knarre besorgt. Dort schießt sie alle seine Feinde tot, um ihren Sohn zu rächen. Buz wiederum erzählt der Presse, er sei bestürzt über die Tat seiner alten Mutter, die wohl nicht mehr im Vollbesitz ihrer geistigen Kräfte gehandelt habe.

Dann schauten wir „Biolek":

Geladen waren nur steinalte Leute, wie beispielsweise der 95-jährige Johannes Heesters und eine 83-jährige Dame mit blitzenden Äuglein, die sehr positiv veranlagt war und sich bereits auf das Alter vorgefreut hatte. Solcherart vielleicht wie andere auf den Feierabend?

„Ob sie wohl ein Seminar bei Frau Reimer besucht hat?" überlegte Buz, der Frau Reimer für eine alberne Gans hält.

Mittwoch, 14. Oktober

Feucht grau. Herbstlich verblasen

Als ich mich erhob, war Buz bereits in der Stadt unterwegs, um Brötchen zu kaufen, und als er wiederkehrte, vermisste er den schönen goldenen Schal, den Rehlein ihm aus Indien mitgebracht hatte.

Ich schaltete das allmittwöchliche „Ehen-vor-Gericht-Drama" an, damit Buz von seinen Sorgen abgelenkt würde.

„Wie die Charlotte!*" rief Buz hie und da belustigt über ein Blödchen aus. *Ehefrau eines Cellisten vom „Musikalischen Sommer"

Dann ist Buz abgefahren, obwohl ich oftmals gesagt hatte: „Bitte bleibe noch fünf Minuten!"

Buz steckt derzeit leider in einer Krise und fühlt sich womöglich vom rauen Herbstwind des Lebens unschön beblasen: Das Alter zum Greifen nahe, die Träume davongeschwommen, und man schafft es irgendwie nicht mehr so recht, die nötige Energie zu bündeln, um sie wieder einzufangen. Buz ärgert sich, daß die Hilde ihr Haar mittlerweile hennarot gefärbt trägt. Auch dies setzt unserem lieben Papa zu, und Buz tat mir so leid! Nicht einmal die schönsten und weichsten Küsse, mit denen man sein liebes Gesicht bedeckt, vermögen ihn noch froh zu stimmen.

Und doch liebte ich Buz über alle Maßen.

Dann war ich wieder mit dem verglimmenden kleinen Lebenslicht allein.

Zuweilen schäumte meine Lebensfreude wieder auf, und ich mußte an meine Worte von früher denken: „daß ich eine begeisterte Hobbyseniorin sei, und die Gesellschaft älterer Damen mir ein Genuß ist."

Doch leider war's heute gar nicht so schön, weil die Oma, die doch schon fast wieder die Alte war, wieder etwas tüteliger geworden ist: Dauernd ringt sie nach Worten und frägt: „Wie war's denn?"

Bald darauf war Omi Cionczyk wieder da, weil sie es daheim nicht mehr aushielt. Die ständigen Streitereien mit der Tochter - nie mal einen kleinen Dank, ein gutes oder liebes Wort - setzen ihr sehr zu.

Sie setzte sich aufs Sofa, während ich verstohlen in der Zeitung blätterte. Frau Cionczyk erzählte, wie ihre Tochter seit den Wechseljahren unter Depressionen leidet und durch die Medikamente immer dicker wird.

Ihr selber mußte eine Brust abgenommen werden.

Die Oma ist leider auch voller Undank gegen die hilfreichen Nachbarn und als Frau Cionczyk sich wieder hinwegbegeben hatte, sprach sie davon, wie albern es sei, daß Frau Cionczyk ihr jeden Tag die Zeitung vorbeibringt, wo sie doch gar nichts mehr lesen kann. Und wenn sie dann aus der Zeitung vorliest, so sei dies das Schlimmste überhaupt.

Dann rief Buz an. Buz klang sehr fröhlich, da er seinen Schal im Eiscafé wiedergefunden hatte und Rehleins Aufschäumereien nochmals von der Schippe gesprungen ist.

Mittags freute ich mich:

Ich durfte nämlich mehr als eine Stunde lang in Grebenstein herumbummeln, weil sich die Oma zu einem Nickerchen zurückgezogen hatte.

In der Stadt war es leer und einsam und ein leiser Sprühregen zog durch die Lüfte. Zuvor war ich noch ein wenig traurig gewesen und hatte diese Traurigkeit mit in die Stadt hinabgenommen: Omas Börsl war nämlich leer, und ich konnte mir gar nicht erklären wo das Geld (300 Mark) hingekommen sein soll? An die Reinmachefee aus Kasachstan mochte ich dabei nicht denken, weil wir doch gestern so viel Freude am Tüchtigkeitsgrad dieser Putzfee gehabt haben. Viel mehr wurmte mich der Gedanke, daß der Verdacht vielleicht auf mich fallen würde, zumal man ja doch nie weiß, was sich hinter der Fassade der honigsüßen Enkelin verbirgt. Auch jetzt kam's mir fast so vor, als würde ich die Oma hintergehen, als ich mich im Hochzeitscafé niederließ. Somit konnte ich den schönen Aufenthalt nur bedingt genießen. Bedient wurde ich von einer schlanken, blonden und aufmerksamen Russin. Diese Dame machte gar den Eindruck, daß sie für die Herrschaften mitdenkt! Man bedient einen unschlüssigen Kunden, liest in seinem Gesicht, worauf sich Zweifel niedergelassen haben, und greift engagiert beratend in den Entscheidungsprozess ein, da es doch immerhin um eine geborgte Stunde des Behagens geht, die wohlgestaltet sein möchte. Auf ihre Empfehlung hin aß ich einen Schmandkuchen und trank zwei Tassen dampfen- und duftenden Pfefferminztees.

Das, was ich in einem bereitliegenden Journälchen so las, rauschte an mir vorbei, wie die Landschaft während einer Reise mit der Eisenbahn.

Auf dem Heimweg mußte ich darüber nachdenken, wie die Hilde oft biestig, launenhaft und gemein zu den Verwandten ist, und wie ihr dies hernach wahrscheinlich leid tut, wenn die Verwandten wieder weg sind. Doch sie kann nicht anders. Dies nahm ich mir nun zum Vorbild dessen, wie ich auf keinen Fall sein möchte. Mit Wärme und Zärtlichkeit dachte ich darüber nach, wie ich zu meiner Oma immer freundlich und geduldig sein will.

Obwohl die Oma sehr darunter leidet, daß sie so langsam und die Welt um sie herum so groß geworden ist, hält sie ihre Altersgrämlichkeit so gut es eben geht bedeckelt, damit die Verwandten gerne zu Besuch kommen. Ein simpler Weg zum Rewe ist zu einem Tagesausflug expandiert. Und wenn die Oma mal „Biddö?" sagt, dann will ich ganz freundlich und verständnisvoll sein, da doch die Oma nicht mehr so gut hört. Auch später, wenn ich in 25 Jahren mit meinem Papa so herumwackel, dann will ich mir ein Beispiel daran nehmen, wie ich *vor* 25 Jahren mit der Oma umgegangen bin, und wenn er dann gestorben ist, so ist es nur traurig, und ich muß mich nicht auch noch in Selbstvorwürfen zerfleischen, wie Helga Kwazolla, wenn ihre Mutti denn mal eines Tages heimgeholt werden sollte.

Daheim wartete wieder ein Rumhängenachmittag auf mich. Wir naschten Toblerone und versuchten uns vor dem Bildschirm die Zeit zu vertreiben. („Mensch Ohrner: „Ich fahre so schnell wie ich will!"") Kann jemand etwas mit diesen Worten anfangen? Wie bei einer Kaffeefahrt hat man das Gefühl, in dieser Sendung lauter unwichtige und im Grunde überflüssige Menschen kennenzulernen, die man allenfalls dazu nutzen könnte, sich an ihnen ein Beispiel zu nehmen, wie man nicht werden wolle. Dann bin ich mit der Oma spazieren gewesen.

In ihr Mäntelchen eingehüllt sieht die Oma aus wie Väterchen Frost. Heut spazierten wir nur vierzig Minuten lang. Wir liefen zum Fuße des Burgbergs - an Menzels Anwesen vorbei - und ich staunte, wie sich unsere liebe Oma mit ihrem eisernen und unbeugsamen Willen bei jedem Wind und Wetter ihrem Schicksal entgegenstemmt. Ob man das Wägele später für Buz nochmals verwenden könne? Dann sah ich die Helga blitzen, und wenig später standen wir vier Damen (+ Omi Cionczyk) auf dem feuchtgeregneten Bürgersteig und unterhielten uns auf freundschaftlicher Ebene. Ich schaute mir die brave Helga in ihrer bäurischen Tonnenkluft an. Der Hinterkopf erinnerte vom Frisurenbildnis her leicht an den Hinterkopf einer Eule. Sie erzählte, wie sie gegen ihre Depressionen Tabletten einnehmen muß, aber darüber hinaus auch sonst nicht sonderlich gesund sei: Der Rücken täte ihr weh.

Am Spätnachmittag saßen wir mit Frau Cionczyk beim Fencheltee beisammen. Frau Cionczyk erzählte von den Partisanen und ihrer Heimat Deutsch Proben, und die alte Dame rührte mich.

Die Beleuchtung durch die Türritzen im hinteren Teezimmer erschien mir als so heimelig.

Abends kochte ich nach Art einer berufstätigen Mutti, der es zur Selbstverständlichkeit geworden ist, am Ende eines langen Tages noch etwas Warmes auf den Tisch zu bringen, und die Zeit, die dabei draufgeht kaum noch spürt. Es gab Spaghetti mit Erbsen und Babymais in der Pfanne zurechtgewärmt. In der alten historischen Eisenpfanne auf dem Herd herumrührend, fühlte ich mich wie ein kleines Püppchen in einer alten Puppenstube.

Die Oma gönnte sich zum Abendessen ein Fußballspiel: Deutschland gegen Moldawien. Sie knabberte ein wenig daran, daß der Onkel Eberhard am Telefon komisch und mißgelaunt gewesen sei, aber der Onkel Eberhard ist immer sorgenbefüllt, und ich kann ihn mir gar nicht anders denken. Schuld daran ist das böse Uschilein; so wie es die Hilde an Buzens Lebenskrise ist. Wenigstens scheint der Onkel Hartmut mit seiner Christa sehr im Glücke zu leben.

„Wolln wrs hoffen!" sagte die Oma.

Dann wollte die Oma mit Ohrringen verschönt werden.

Plötzlich schöpften wir wieder Mut, daß sich alles doch noch zum Guten wenden würde, wenn man nur noch ein wenig Geduld hätte: Ich las der Oma aus einem Augenlehrbuch vor, worin der Weg zum vollendeten Sehen beschrieben wird. Doch der Weg sei lang und dornig. Man müsse stundenlang palmieren und visualisieren.

Die Lesestunde mit Fußballgegröle im Hintergrund wurde von einem Anruf durchlöchert. Sehr nett riefen Buz & Rehlein an.

Rehlein ist schon rührig gewesen, daß auch *ich* zur Hochzeit ihrer Kusine Ute eingeladen werde. Wie man weiß, liebt Rehlein es, sich fein zu machen und ein Fest zu besuchen. Nicht umsonst pflegt man über Höhepunkte im Leben zu sagen: „Das war ein Fest für mich!"

„Ich muß dringend neue Leute kennenlernen!" sagte ich mit rührender Bestimmtheit. „Mein spärlicher Bekanntschaftsrest ist nur noch notdürftig mit feinstem Spinnweb ans irdische Dasein befestigt".

Donnerstag, 15. Oktober
Grebenstein - Nürnberg

Tschechisch getönter Sonnenschein

Putzig, aber durchaus nicht unerfüllend geträumt: Mir träumte, *daß ich mich bezüglich meiner Wahnblasenbildung im Gehirn an den Doktor Bogath wendete. Der Dr. Bogath war jedoch* im Traum *kein Geringerer als Götz George. Als wir gemeinsam durch den großen, dunklen Ofenbacher Wald liefen, frug ich den Doktor, ob ich nach seiner warmen, vertrauenerweckenden Hand greifen dürfe. Ich durfte - allerdings sahen wir kurz darauf mitten im Wald einen Autounfall, und der Doktor mußte natürlich erste Hilfe leisten. „Soll ich den Notarzt rufen?" frug ich hilflos, hoffend, dies täte nun doch nicht Not. Ja, das solle ich und zwar rasch - und dann nannte er mir noch ein medizinisches Gerät mit lateinischem Namen, den ich mir einfach nicht merken konnte. (Ein in Korea entwickeltes Wundergerät, mit dem man ausgekugelte Gelenke binnen Sekunden wieder einrenken könne). Ich bekam somit einen leisen Vorgeschmack dessen, wie es wohl wäre, eine Arztfrau zu sein.*

Auf der (vergebenen) Suche nach einer Telefonzelle kam ich völlig überraschenderweise durch Ofenbach. Da konnte ich nicht widerstehen und besuchte als Überraschungsgast unser Anwesen. Mobbl saß auf dem Sofa und weinte.

„Was ist los?" frug ich mitleidsvoll.

„Ach nichts!"

Plötzlich fiel mir siedendheiß ein, daß in fünf Minuten in der örtlichen Turnhalle das Bach Doppelkonzert geprobt werden solle, und ich hatte meine Noten verkramt und fand sie nicht mehr. Wie paralysiert saß ich vor einem meterhohen Notenstapel im Musikzimmer und fühlte es bereits im Voraus, daß die gesuchten Noten sich hier nicht finden lassen würden. Die hatte ich nämlich bei Bartels in Bremen bestellt; sie sahen neu und wunderschön aus, doch dieser Stapel hier bestand aus vergilbten Uraltnoten, kurz vor der gänzlichen Zerbröselung - Noten, die der süßeste Buz einst von seiner greisen Violinlehrerin Frieda Schumann geerbt hat.

Später saß ich auf einem Balkon neben Herrn Deblon, dem Bibliothekar in der Musikhochschule, und erlaubte ihm, seinen Kopf auf mein Schulterblatt zu betten. Und dann radelte Herr Deblon selber an uns vorbei und wunderte sich, daß er radelt und gleichzeitig neben einer Dame sitzt!

Schließlich erhob ich mich, um mit der Oma zu frühstücken. Die Oma erzählte von Frau Suchier, einer alten Dame, die im wahren Leben schon vor geraumer Zeit auf dem Gottesacker Platz genommen hat, in Omas Erzählung kurzzeitig jedoch wieder lebendig wurde. Sie habe die Oma in ihre Wohnung gebeten, um ihr das Hochzeitskleid ihrer Tochter zu zeigen.

„Oh, ist das aber ein schönes Kleid!" rief die Oma höflich aus.

„Ne, das ist nicht mehr schön!" sagte Frau Suchier verdrossen, weil nämlich der Pfarrer dem Bräutigam von einer Eheschließung abgeraten hatte. Ihre Tochter war darüber so traurig. Sie hängte das schöne Kleid in den Schrank und hat es nie wieder angezogen. Später heiratete sie dann einen Anderen, auch wenn sie den Ersten nie vergessen konnte.

Mitten in diese fesselnde Geschichte hinein kam der Ergo-Therapeut „Ulf". Ein junger Mann mit einem Chinesenbärtchen. (Am Kinn)

„Er hat dich so behandelt, als ob du *seine* Oma wärst!" sollte ich wenig später sagen, „aber anders könnte man den Beruf auch gleich in den Wind schieben!" Überhaupt plapperte ich die ganze Zeit, und dann ist auch schon bald Omi Cionczyk gekommen.

Mit der gleichen Inbrunst, mit der die Oma immer drauf schaut, daß Buz nichts in der Küche macht, schaute sie jetzt drauf, daß Omi Cionczyk koche und nicht ich. Die alte Dame schälte und zerschnippelte Kartoffeln und beriet mich fachkundig bei der Salatzubereitung. Ich habe Omi Cionczyk sehr gerne, weil sie sich ihre tiefen Gefühle bewahren konnte, obwohl das Schicksal sie nicht mit Samthandschuhen angefasst und schwer lebensgegerbt hat.

Meine Gedanken wanderten zu der Tochter von Frau Suchier, die über das geplatzte Eheglück so traurig war. Aber auch ich fühlte mich traurig, weil ich die Oma heut in ihrem kümmerlichen Zustand zurücklassen mußte und vermisste sie schon im voraus ganz furchtbar.

„Sie haben ihre Tochter ja immer bei sich!" sagte ich zu Oma Cionczyk.

„Ja, das ist auch nicht schön!" sagte die alte Dame. Mit ihrem Schwiegersohn Hans verträgt sie sich soweit ganz gut, aber groß was mit ihm zu tun zu haben, das möchte sie auch nicht, weil er im Rahmen eines Ehezwists über Geld mal wüst ausgerufen habe: „Das hast du von deiner Mutter!"

Worte, die Oma Cionczyk sehr weh getan haben, und sie habe es genau gehört, daß er genau das, und nichts anderes gesagt hat.

„Das hat er sicher nur in schäumendem Groll ausgerufen!" sagte ich eifrig, da der Hans eigentlich ein ganz lieber Mensch ist, der gewiss niemanden beleidigen möchte.

Dann briet ich uns noch zwei Spiegeleier, die beide kaputt gingen.

Der Oma erzähle ich ganz viel von der Gegenpartei: Von Opa und Mobbln. Ich erzählte auch, daß es umgekehrt nicht so möglich sei, denn Omi Mobbl mache gern spitze Bemerkungen wie beispielsweise: „Ich weiß, ich mach alles falsch!"

Wenn Buz auf Besuch ist, gibt sie sich die größte Mühe beim Kochen; es schmeckt wunderbar, alle sind begeistert und doch sagt sie: „Ich weiß. Deine Mutter kocht viel besser!"

Dann blätterte ich ein wenig in der Zeitung. Uns interessieren besonders die Todesanzeigen. Ich las sie vor und als ich fertig war, sagte ich lapidar: „Und die Anderen haben alle weitergelebt. Frägt sich nur, wie lange noch..."

Dann gings ans Verabschieden. Die Oma sagt oft so rührend: „Ich hab dich sooo lieb!" und ich liebte meine Oma auch unglaublich und gab ihr unzählige Küsschen.

Beim Abschied war mir so schwer zumute, und ich bog mich noch zwiefach nach meiner lieben Oma in ihrem Gehkäfig um, damit der Anblick je nicht der Letzte gewesen sein solle. Dann lief ich durch den Sonnenschein zum Bahnhof. Direkt vor dem Bahnhof begegnete mir Omis Helferin Babette, die sich Herrn Schröder als Heimkömmling und Burgbergbesteiger angeschlossen hatte. Er grüßte nur knapp im Vorübergehen, da seine Frau uns Königs wahrscheinlich ein wenig madig zu machen pflegt; die Barbara jedoch blieb stehen und wechselte ein paar verbindende Worte mit mir. Sie trug eine Spiegelbrille in der man sich auf unheimliche Weise doppelt spiegelte und erzählte, daß sie sich nun auf dem Wege befände, mit der Oma den täglichen Nachmittagsspaziergang zu absolvieren. Hernach würde sie auf den Friedhof gehen, und in Kassel sei sie gewesen, um eine CD umzutauschen.

Zirka drei Stunden lang bummelte ich in Kassel herum. Alles kam mir vor, wie eine Riesenillusion.

Ich dachte an die Oma, die früher genau so gern durch Kassel bummelte, wie ich das heute tue. Vielleicht hat sie sogar das Stadtbild mitgeprägt, so wie Rehlein das Stadtbild von Aurich; und nun ist die Oma aus dem Stadtbild, das sie einst mitgeprägt hat, gänzlich verschwunden und scheint nicht einmal mehr vermisst zu werden. Moribundenbedingt ist sie unglaublich weit weggerückt.

Natürlich besuchte ich wie alle Tage den Schallplattenladen. Im Klassikjournal sah man Anne-

Sophie Mutter als Beethoveninterpretin gar mit bloßen Füßen abgelichtet - ein Anblick, den einst nur ihr verstorbener Ehemann Detlev zu sehen bekam. Doch jetzt, wo er tot ist, ist's eh wurscht, wer die Füße der Schönen mit den Blicken aufnascht.

Heute horchte ich in die Bach-CD des rumänischen Virtuosen Florin Paul hinein, für die sogar Geigerpapst Wolfgang Wendel ein wohlwollendes Geleitwort geschrieben hat. Ein Spiel von banaler Vorausschaubarkeit, wie ich fand - ähnelnd einem Roman, wo man das Ende bereits auf der ersten Seite erahnt und recht behält. 30 Meter gegen den Wind fühlte man die beklemmende Wettbewerbsaura von einst. Verdorben vom pädagogischen Gegröle eines unbeugsamen Violinprofessors aus der Ostzone, und was bleibt ist ein Spiel vor bedrohlich wirkenden starren Häuptern aus dem Kreml.

Um 18 Uhr bestieg ich den ICE nach Nürnberg. Sündigerweise saß ich schon wieder im Bord-Restaurant. Ich trank einen Cappuccino und aß ein kleines überteuertes Viennetta-Eis. Mir gegenüber saß ein weißhaariger Herr, der einem schmalen Talk mit einer Dame nicht abgeneigt schien. Doch ich vergrub mich in den *Stern* und las die Geschichte vom Millionär Geralts aus Kiel, der sich und seine Frau von einem selbstangeheuerten Killer erschießen ließ. („Bestehen Sie auf Vorkasse?)

Um 21 Uhr bestieg ich in Nürnberg die Straßenbahn zur Veronika, die man rührenderweise bereits an der Haltestelle sah.

Daheim machten wir es uns gemütlich. Ich durfte den Versöhnungsbrief von ihrem Schwager Alfonse lesen. *Ich bin ein versöhnlicher Mensch. Schwamm drüber!*, schrieb er so rührend, und außerdem erfuhr ich, daß Mutti H. sich in Gegenwart ihres alt und tütelig werdenden Ehemanns zuweilen in einen Drachen verwandelt. (Einen Hausdrachen)

Etwas, das der Veronika als Tochter immer sehr nahe geht.

Freitag, 16. Oktober

Zunächst grau. Dann leicht lieblich

Wie fast immer hatte ich am Morgen ein schwer zu entwirrendes Knäuel an Träumen vorzuweisen. *Ich befand mich* nicht mehr in Nürnberg, sondern *in Baden bei Wien: Einem Kurort in den Bergen wie zur Jahrhundertwende, von nachmittäglichem Herbstgold beleuchtet.*

Umso überraschter war ich, daß ich plötzlich in Veronikas Gästebett erwachte.

Dann zwang ich mich aber dazu, mich zu erheben, weil ich die Veronika bereits leise rumoren hörte. Theoretisch hätte ich ja auch eine unverschämte Frau werden können, wie beispielsweise das böse Uschilein, oder aber Yossis erste Liebe - eine

Dame namens „Roswitha", von der Rehlein schon so viel erzählt hat, daß ich ein äußerst plastisches Roswithabildnis mit mir herumtrage. Sie an meiner Statt hätte womöglich eine unerträgliche Morgenknätschernis verbreitet und Dinge gesagt wie beispielsweise: „Wenn du so leise rummachst - das stört echt unheimlich! Schlimmer als echter Krach!", da sie ihren Gaststatus einfach abzustreifen, und die Gastgeberin in eine simple Magd umzuwandeln pflegte. Ein Glück für die schüchterne Veronika, daß ich so nicht bin. Dafür aber begann ich augenblicklich loszuquasseln: Ich erzählte, daß ich gestern im *Stern* über die sogenannte „Larvierte Depression des Mannes" nachgelesen habe. Eine Krankheit, die hauptsächlich Männer befällt.

Männer geben es nicht so gerne zu, daß sie depressiv sind und verschanzen sich hinter übergroßer Tüchtigkeit - wie beispielsweise mein Onkel Eberhard. Das Unglück inmitten dessen er sitzt, scheint wie mit der Lupe vergrößert, und das bißchen Glück, das dem vielleicht noch beigemengt war, ist lang geschmolzen. Ein einziges Ereignis kann eine solche Depression auslösen, und wahrscheinlich ist es gar nicht gut für Buz, daß die Hilde ihn verlassen hat.

Die Veronika hatte Brötchen besorgt, und ein Elsässerle schaute aus wie ein Herz.

In der Waldorfschule hat die Veronika mal ein äußerst kunstvolles Herz aus Knete hergestellt. Sie huschte rasch hinweg, um es zu holen und zu zeigen. An dieses Herz hat sie aber keine schöne Erinnerung. Man hat´s dem Lehrer vorn ans Pult bringen müssen, und als die Veronika es ihm in die Hand gab, hat er nur gelangweilt „Mhm!" gesagt. Veronikas Nebensitzerin hatte leider keine Hausaufgaben gemacht und bat die Veronika, ihr das Herz auszuborgen, und da hat der Lehrer plötzlich ein Getue drum gemacht, das doch von Rechts wegen eigentlich der Veronika gebührt hätte. „Schaut her, Kinder! Welch kunstvoll geformtes Herz! Ein echtes Meisterwerk," habe er verzückt ausgerufen und das Gebilde in die Höhe gereckt.

Die Veronika ist alsbald zum Dienst aufgebrochen, und nachdem ich zwei Stunden lang geübt hatte, fuhr ich in die Stadt hinaus. In der Straßenbahn fiel mir eine Art „Mai-Ling" mit Kinderkarre auf, in der ein zirka einjähriger, eurasischer Bub saß. Sicherlich eine Frau aus dem Katalog, mutmaßte ich, zumal sie mit dem Buben in unausgereiftem deutsch sprach. Sie hätte hübsch sein können, wenn sie nicht so entsetzlich große dunkle Nasenlöcher gehabt hätt.

Wahrscheinlich war sie von einem Franken aufgeheiratet worden, der sich sein eheliches Glück mit einer Exotin etwas kosten ließ, damit seine Spezis spitzen sollen... setzte ich meine Mutmaßungen fort.

Die Probe in der Oper ist bereits vorbei gewesen und die Veronika saß an einem Tisch mit zwei Herren. Es hat aber nur einer von den beiden geredet: Ein fröhlicher Herr, dessen Lächelzone mit künstlichen Zähnen bestückt war, so daß er in dieser

Hinsicht nicht zu beneiden ist. Lebhaft philosophierte er auf die Veronika und einen stillen Herrn ein: Daß so wahnsinnig viele Leute sich wahnsinnig liebgehabt haben müssen, nur daß es *ihn* heut gibt! Nämlich von Adam und Eva aufwärts.

Wenig später lernte ich Simones ehemaligen Geigenlehrer Gerd Buß kennen, doch er, der auf dem gerahmten Foto in Simones Wohnung einen so netten, vertrauenerweckenden Eindruck gemacht hat, wirkte leider seltsam und fremd, so daß ich mich nicht so ganz gern mit ihm abgab, auch wenn die Veronika wahrscheinlich dachte, wir Geiger würden womöglich gern miteinander fachsimpeln. Doch immer das gleiche Geigerbeschnupperungsrepertorium abspulen? Weiß denn die Veronika nicht, daß eine Freundschaft zwischen zwei Geigern so quasi ausgeschlossen ist? Welche Geige man spiele, wo und bei wem man studiert habe, und daß die Pädagogen alle doof seien? Eine unangenehme larvierte Arroganz und gestelzte Bescheidenheit liegt leider meist und allzu oft über diesen Gesprächen von Gei- zu Geiger.

Die Veronika und ich speisten heut im „Wiener Wald" und ich stellte mir vor, wir seien zwei Seniorinnen in der Kur auf der Krim.

Unter anderem sprachen wir über den Roman von Herrn Wachtenberg. Den geplanten Eröffnungssatz, den der Dichter uns bereits einmal vorgelesen hat, fand die Veronika äußerst fesselnd, während sie meinen doof fand: „Bis zu diesem Zeitpunkt war mein Leben eine einzige Tragödie."

Um drei Uhr mußte die Veronika unterrichten, und war bezüglich ihrer Schülerin etwas ratlos. Wie sie ihr wohl klar machen solle, daß man den Bogen nicht nach außen drehen dürfe, und überhaupt, warum eigentlich? Weil´s nämlich unabhängig davon, ob sie nun grad oder schräg spielt genau gleich jämmerlich klingt.

Den freien Nachmittag verschwanzte ich in Nürnberg.

Nach einem Besuch im Schallplattenladen betrat ich genussfreudig das Café Lorenz. Ich gönnte mir einen warmen Apfelstrudel, um hernach quer über den Marktplatz in die Kaulbachstraße zu laufen, wo die Veronika daheim ist.

Die meiste Zeit über hatte ich vergessen, daß am Abend mein Konzert stattfinden sollte.

Manchmal stelle ich mir in Anlehnung an das Leben der siamesischen Zwillinge in Amerika einen zweiten Kopf neben dem Meinigen vor. Was, wenn meine Zwillingsschwester ein Typ wie die Hilde wäre? Auf den ersten Blick und auch am ersten Tag des Miteinanders sehr, sehr nett, doch ab dem Abend des zweiten Tages in eine grämliche Ausstrahlung verfallend, so daß man bemüht sein müsse, in ihrem Windschatten leise aufzutreten?

Bei der Veronika gab es noch ein Tässchen Tee, und die Veronika erzählte aus ihrem Leben: Einmal hat sie bei ihrer Kusine ein Tässchen zerschlagen, und die Kusine war untröstlich!

Wieder wurde die Rede auf Buzens larvierte Depression geschwenkt. Selbst wenn die Hilde reumütig wieder angewinselt käme, so könne Buz es nicht vergessen, daß sie ihn mit dem Mohren betrogen hat. Für ihn sei sie entweiht, hat mir die Oma erzählt.

Vom Onkel Eberhard berichtete ich auch: Er grämt sich über seine alkoholkranke Schwester und ihre leider mißratene Tochter, statt sich über ihre drei wohlgeratenen Söhne zu freuen. Aber selbst wenn seine Schwester und deren Tochter wohlgeraten wären, so hätte er sich darüber nicht gefreut, sondern sich vielleicht etwas anderes zum grämen herausgesucht. Und all das nur, weil es mit dem Uschilein so blöd gelaufen ist. Aber der Mensch ist im Allgemeinen dazu geboren, um in sein Unglück zu rennen, damit er´s lernt. (???)

Dann trennten sich unsere Wege. Die Veronika musste in den Operngraben zurück, und ich strebte zur Klara-Kirche.

Pater Kern, der Schirmherr des Abends, schien mir sehr nett und doch irgendwie leicht ungreifbar, fand ich. Zunächst hatte ich große Angst, es würde vielleicht nur eine Handvoll Leute kommen.

Ein paar mehr waren es dann schon - jedoch nicht viele.

Die g-moll Sonate von Bach wurde sehr schön, die Partita in E-Dur auch, aber ich hatte immer große

Angst, ich würde beim Geigen so ernst und überreif ausschauen.

Nach der Darbietung kam ein unheimlicher Mensch zu mir ins Künstlerzimmer. Ein milder junger Mann in einem blauen Plusterannorak, der sehr schüchtern wirkte. Er entschuldigte sich, daß er etwas Lärm gemacht habe. Dies müsse er mir unbedingt sagen, weil er sonst sein schlechtes Gewissen beibehalten würde. Dann erzählte er, daß er mal Musik studiert habe. Doch dann sei er sehr krank geworden - psychisch!

„Jetzt habe ich ein ganz schlechtes Gewissen, weil ich so viel geredet habe!" sagte er milde, und blieb stehen, wie ein Kellner, der auf ein Trinkgeld wartet. Er stand da wie eine Statue.

Dann erzählte er, daß er sehr gläubig sei. Doch manchmal zürne er GOTT. Und dann habe er ein ganz schlechtes Gewissen.

Ständig hat er ein schlechtes Gewissen, der arme Mensch. Ob dies wohl ein gesuchter Frauenmörder war?

Ich lief zum Opernhaus und setzte mich in die Cafeteria. Dort wartete ich auf die Veronika und schrieb dazu ins Tagebuch. Währenddessen frug ich mich, ob es nicht eigentlich auch ein wenig irr sei, wie ich da sitze und mit meiner winzigen Schrift ein ganzes Buch mit Quatsch vollschreibe? Hat die Oma am Ende gar recht, wenn sie mir diesen Unsinn auszureden sucht?

Ab und zu liefen seltsam zurechtgeschminkte Figuren aus dem Operngeschehen herum.

Dann kam die Veronika aber doch.

Wir verbrachten einen gemütlichen Abend mit Käsebrot und Joghurt und sprachen über die Lebenshilfebücher von Vera F. Birkenbühl. Die Veronika hatte ein Buch von ihr gelesen, und dabei war ihr ganz leicht zumute geworden. Und zum Schluß, als die Veronika bereits abspülte und ich dienstmädchenhaft unbeholfen danebenstand, sprachen wir noch darüber, wann wir wohl unseren letzten Liebesbrief bekommen haben? Schon ganz, ganz, ganz lang keinen mehr! So lang, daß man mit keinem Datum mehr dienen könne.

Samstag, 17. Oktober
Nürnberg - Ofenbach

Lieblich und sonnig.
Nur zwischen Linz und Wien weiß bewölkt

Wie alle Tage ist die Veronika ganz verstohlen zum Brötchenholen gegangen und war schon gleich wieder da.

Frühstück:
Ich erzählte von meiner Tante Debbie, die jeden Morgen schlechte Laune hat. Ob dies wohl darauf zurückzuführen ist, daß sie morgens aus einem

wunderschönen Traum in den öden Alltag hinausgespien wird? I

Im Traum *vergnügt sie sich mit dem von der Sonne braungebruzzelten und gutaussehenden Dodi al Fayed auf einer Yacht. Ein lächelnder, feinlivrierter und mit glänzenden Orden behangen und geschmückter Diener serviert einen prickelnden Drink vom feinsten. „Madam!" nennt er sie mit melodischer Stimme, die von Ehrfurcht und Respekt geprägt ist. Und während sich Dodis weiche Lippen ihrem Mund nähern* wacht sie auf und ist doch bloß die Debbie.

Onkel Dölein hat es jedoch erst nach der Eheschließung bemerkt, daß seine Frau morgens ungenießbar ist, denn ansonsten hätte er sie wohl kaum geheiratet. Bis zur Eheschließung kannte er nur die bezaubernde Abenddebbie, die mit der sauertöpfischen Morgendebbie nichts, aber auch gar nichts gemein hat.

Auf dem Tisch liegen derzeit die beiden Lebensratgeber von Vera F. Birkenbühl, und die Veronika ist immer ganz in ihrem Element, wenn sie darüber referieren darf. Zu jedem Thema kann man jetzt Überlegungen anstellen, was Frau Birkenbühl wohl dazu meinen tät. Zum Beispiel zu meiner Unordnung: Überall, wo ich hinkomme bildet sich gleich ein ganz unordentlicher und demzufolge ungemütlicher Winkel. So auch hier, und ich wäre doch so gerne ordentlich! Etwas, das ich in gewissem Sinne auch bin. „Eigentlich bin ich krankhaft ordentlich!" sagte ich zur Veronika, „auch wenn man's kaum glauben kann, wenn man das so sieht!"

Dann wiederum ging´s darum, was Frau Birkenbühl wohl dazu sagen würde, daß Rehlein sich am Telefon oft so verdrossen meldet: Meist klingt sie wie eine gehetzte Hausfrau, die ein kümmerliches Dasein zwischen Kochtopf und Windeln führt, und nun aus ihrem zwickend engen Zeitkorselett herausgeschrillt wird... und in deren Leben ein Telefonat noch nie etwas Gutes verhießen hat. Stundenlang könnte ich mich in Schilderungen ergehen, wie Rehlein sich verdrossen meldet.

„Jetzt mußt du mir aber noch erzählen, wie deine Mutter gemeckert hat!" bat ich die Veronika. Die Mutter meckert gleich los, wenn die Veronika sich ihr ungeschickt in den Weg stellt oder der Brotkorb an der falschen Stelle steht - nämlich dort, wo ihn niemand erreichen kann, wenn man nicht gerade einen Arm in Überlänge hätt.

Leider hat sich die Veronika schon bald zum Dienst verabschieden müssen, und ich sah sie heut nimmer, weil ich jetzt nämlich schon im Zug nach Wien sitze. Die Reise erinnerte mich an meine Zugfahrt im Jahre 1978, **als ich mit bangen Gefühlen zum Kurs von Gidon Kremer nach Wien gefahren bin. Meine erste Zugreise ganz allein. Rehlein und Buz waren sehr aufgeregt, ob ich wohl gut und ohne vom Pfade abzudriften an meinem Bestimmungsort gelange, wo Opa und Mobbl bereits sehnsüchtigst auf mich warteten.**

In meinem Kopf formierte sich die Idee, einen Brief an Buz zu schreiben, wo ich ihm meine, in ihrer angenehmen Klarheit wie Balsam wirkenden

Gedanken über die Hilde und den Mohren darlegen würde: Jetzt sei sie ihm zwar entweiht, doch wenn er sie geheiratet hätte, wie sie sich das immer gewünscht hat, so wäre wohl schon recht bald des „Fischers Fru" in ihr zutage getreten - oder sollte man hier an dieser Stelle schreiben „des Geigers Fru"? - und Buz würde von Meckereien und Jeremiaden umtost.

Auf dem Bahnhof hatte ich mir heut gleich zwei Romane gekauft, da mir die vielen Journale mit der Zeit nun doch zu anspruchslos werden. „Die zwölf Geschworenen" und „Eine unmöglich Liebe". Ein Roman, der von einem pensionierten Orchestermusiker wie Herrn Herberger handelte, und sich sehr angenehm und geschmeidig las.

Nach einer Weile begab ich mich ins Bord-Restaurant und bat den mir gegenübersitzenden Herrn - einen Herrn mit kantigen Gesichtszügen - auf höfliche Weise, ein Auge auf mein Gepäck zu halten. Der Herr ergriff die Gelegenheit, um seinerseits höflich zu fragen: „Würde es Ihnen etwas ausmachen, mir auf dem Heimweg eine Tasse Kaffee mitzubringen?" „Ja!" gab ich in großem Eifer, Gutes zu tun, eine auf die Fragestellung unpassende Antwort. (Aber man versteht´s!) ☺

In Passau herrschte ein so wunderschöner blauer Himmel und fast wäre ich ausgestiegen, beließ es jedoch wie schon so oft im Leben beim „fast".

Ich vertiefte mich in das Erfolgsbuch von Vera F. Birkenbühl, das mir die Veronika geschenkt hat.

Jemand hatte seine Illustrierte liegen lassen. Interessiert las ich ein Interview mit Hans & Anna aus der Lindenstraße, das sich um die Frage drehte, wie sie selber wohl zum Thema „Abtreibung" stünden. Und tatsächlich vertreten sie in Etwa auch die gleiche Meinung, die sie auch als Schauspieler vertreten. Hans: „Wenn es zehn Jahre alt ist, so bin ich bereits 66. Ein Alter, in dem so manch einer schon auf dem Gottesacker ruht!" (Nein. Ganz so poetisch hat er sich leider nicht ausgedrückt) Ist dies wirklich ein zwingender Abtreibungsgrund? Wie man weiß, könnte es doch jeden jederzeit erwischen. Kein Wort darüber, daß es für unerwünschte Säuglinge, mit denen der HERR vielleicht Großes vor hat, Babyklappen gibt, und unzählige Leute sich sehnsuchtsvoll ein Kind wünschen. Rein theoretisch, wenn es nicht zu kalt ist, könnte man das Baby auch in einer Telefonzelle ablegen, und dort wird es dann von einem telefonierfreudigen Menschen wie Buz gefunden.

Irgendwann im Laufe des Nachmittags, in dem ich auf Renten-Sanatoriumsbasis gen Wien geschwemmt wurde, konnte ich einer Seniorin, die mit ihrer zirka sechsjährigen Enkelin Lea unterwegs war, mit einem Kreuzworträtsel helfen: Die Lösung lautete „Auf den Nägeln brennen".

Heute fuhr ich mit der Straßenbahn Nummer 18 zum Südbahnhof. Dort lernte ich einen sehr süßen Lappohrhund kennen, der einem Penner gehörte.

Die lange Bummelzugfahrt nach Wiener Neustadt wurde mir durch eine lärmige Horde junger Mädchen leicht verdorben. Die Mädels telefonierten per Händi mit „dahoam" und hielten sich klassenzimmersyndrombedingt im Gespräch mit den Eltern je äußerst knapp und unpersönlich.

Vor dem Bahnhofsgebäude parkte unser Auto, doch Linda und Mobbl waren nirgends zu sehen. Die Linda, die im Leben noch etwas vor hat, könnte vielleicht ein wenig ärgerlich mit mir sein, daß ich nicht im Schnellzug saß, der bereits vor einer viertel Stunde eingetroffen war. Doch Mobbl wiederum genießt die Bahnhofsaufenthalte immer sehr. Sie liebt das vielfältige Vorfreuden- und Wehmutsgemisch: Die Freude auf einen lieben Ankömmling, oder das wohltuende Gefühl einen lästig gewordenen Dauergast endlich in der Bahn abladen zu dürfen. Aber auch das wehmütig stimmende Abschiedsgefühl dürfte Mobbln aus einem nun bereits 88 Jahre währenden Leben durchaus vertraut sein. Kurz und gut: Auf dem Bahnhof wird eine Symphonie der Gefühle gespielt.

Tatsächlich hätte ich den Schnellzug noch erhaschen können, wenn ich wirklich gewollt hätte, doch mir war es eine Herzensangelegenheit, die kostbare Vorfreude noch ein wenig länger zu genießen.

Plötzlich liefen Linda und Mobbl, strahlend wie zwei Sonnen, auf mich zu. Freudig fuhren wir heim. Ofenbach war in einen geheimnisvollen Nebel gehüllt.

Daheim begrüßte ich den Opa, der sich soo auf mich gefreut hatte und nun von der langen Vorfreude ganz erfrischt wirkte. Mittlerweile trägt er einen ausladenden weißen Bart. Zweimal schmunzelte er über mich. Einmal erwiderte er sogar sehr nett einen Kuß, den ich ihm gegeben hab. „Jetzt bist Du der Letzte aus dem Wurf von der Esslinger-Oma! Doch die Ersten werden die Letzten sein!" sagte ich.

Für den Opa ist es auch nicht ganz einfach zu verschmerzen, daß seine drei jüngeren Geschwister nun allesamt auf dem Friedhof liegen, und bereits bei Muttern im Himmel sind: Helmut (1927 - 1995), Otto (1913 - 1997), Lore (1911 - 1998) und nur der Opa *1909 ist noch da. Der Wurf der Esslinger-Großeltern wurde einfach von hinten aufgerollt....

Dann waren die Großeltern so lieb. Mobbl tat recht geheimnisvoll. Dann schaute sie den Opa verschmitzt an und sagte verschwörerisch: „Sollen wir´s ihnen sagen?" Daß man übereingekommen sei, uns die Reise nach Hawaii zu Weihnachten zu schenken....

Den Abend verbrachten wir sehr nett oben bei der Linda, die ein kleine Brotzeit mit Rettichscheiben vorbereitet hatte. Wir hörten die dritte Symphonie von Brahms, von der es allerdings leider keinen vierten Satz giebt, auf den ich doch so gespannt gewesen wäre. „Bis zu diesem Zeitpunkt hatte ich gedacht, Symphonien hätten grundsätzlich vier Sätze!" wunderte ich mich.

Unter der Leitung von Günther Wand klingt die Symphonie leider wesentlich weniger dramatisch als unter Karajan. Bei einem Crescendo im letzten Satz mußte ich gar am Plattenspieler manuell nachhelfen, damit der Hörer auch vom nötigen inneren Erbeben erfasst würde.

Ich erzählte, daß die Söhne von der Oma in Grebenstein ihre alte Mutter jeden Tag anrufen.

„Das Rainerlein ruft nur zweimal im Jahr an!" sagte Mobbl, „an Weihnachten und am Geburtstag." Onkel Dölein vielleicht einmal im Monat. Rehlein alle drei bis vier Tage - schreibt jedoch zwei bis dreimal am Tag einen üppigen Früchtebrotbrief. Der Onkel Andi meldet sich mit einer gewissen Regelmäßigkeit alle zwei Monate und die Tante Bea ruft gelegentlich das Lindalein an, um ihren Kontrollzwang auszuleben. Doch die zeitgeizige Bea hat immer große Angst, Mobbl könne den Hörer abheben, weil Mobbl ohne Punkt und Komma zu reden pflegt, und die Bea lieber selber ohne Punkt und Komma redet. Ohne Punkt und Komma versucht sie Mobbln klar zu machen, daß man bei seinen Erzählungen auf den Punkt kommen möge. (Bislang vergebens)

Wir hörten das Violinkonzert von Brahms und spielten „heiteres Geigerraten". Ich riet allerlei zusammen, bloß an David Oistrach hatte ich überhaupt nicht gedacht. Jetzt aber, wo die Rede auf ihn geschwenkt wurde, sah ich ihn mit seinem zitternden Wangenspeck förmlich vor mir.

Währenddessen rief Ming aus Kärnten an, und ich trotzte mir seine Erlaubnis ab, im Ägypten-Tagebuch zu schmökern. Wie groß war meine Enttäuschung, daß nur eineinhalb Seiten vollgeschrieben waren!

Unten schauten wir uns den Mr. Bean an - wohlwissend, daß das süße Rehlein in Aurich den ebenso anschaut. Davon rückte Rehlein uns so nah. Der Mr. Bean saß im Kino und schaute sich einen Horrorfilm an. Vor Entsetzen zog er den Pullover über den Kopf, so daß die Dame neben ihm einen Schreikrampf bekam, weil es so ausschaute, als säße neben ihr ein Mensch ohne Kopf.

Das Lindalein schrieb am Abend einen Brief an ihre einsame Oma in Kairo, und auch ich bekam plötzlich große Lust, der Oma Ägypten zu schreiben, die ich nur von einem Schwarzweißfoto kenne, das im Jahre 1945 unter dem Weihnachtsbaum geschossen worden war, als ihr Erstling Ric noch ein kleines Baby war (sechs Wochen alt). Das erste Weihnachtsfest als Eltern! Damals lebte nämlich auch der *Opa* Ägyten noch.

Eifrig schrieben wir zu den Klängen eines Werkes von Vivaldi, währen Opa und Mobbl sich einen Krimi anschauten.

Sonntag, 18. Oktober

Ganz grau. Hie und da nieselte es leicht

Fantastisch geschlafen. Im Kellerzimmer auf dem leicht wogenden Urbett fühlte ich mich so, als wöge ich überhaupt nichts mehr.

Opa und Mobbl sind derzeit so nett, daß man sie sich gar nicht mehr so recht auf der B-Seite vorstellen kann.

Mobbl, in Lebensabendbehagen gehüllt, saß am Frühstückstisch und ihre Laune schaute bildlich gesprochen so aus: Wie ein schöner blauer Himmel, über den nur *ein einziges Mal* zwei graue Wölkchen drüberhuschten, als Mobbl „die Gerlin" sagte. Aber Mobbl hat es sich abgewöhnt, immer so viel Negatives zu erzählen und ist diesbezüglich ein wenig in sich gegangen. Am Tische sitzend resümierte sie voll echter Selbstreflexion, daß sie im Leben vieles falsch gemacht habe.

„Ich war oftmals beleidigt - zum Beispiel mit meiner Mutter..." erzählte Mobbl, „...und dabei hätte ich doch lieber mit einem Scherz darüber hinweggehen sollen!"

Als sich der Opa gegen halb eins erhoben hat, präsentierte auch er sich bester Laune. „Ich hab gar nicht mehr gewußt, daß du hier bist!" sagte er im Bad, als ich ihn zart bebusselte.

„Ich hab´s auch vergessen!" sagte ich verbindend, „und nun wundern wir uns eben gemeinsam ein bißchen darüber."

Das Frühstück ging nahtlos in das Mittagsessen über.

Mobbl legte eine Videokassette ein, die jemand im Januar 1993 von uns gedreht hat: Man sieht mich, eine reife 30-jährige Frau am Computer sitzen, wo ich mich in einer Stilkopie eines Briefs vom Onkel Rainer versuche. Beim Gedanken, daß ich eigentlich nur sehr selten etwas Seriöses mache, mußte ich schmunzeln. Hernach sah und hörte man Ming am Klavier sehr ansprechend musizieren.

„Eure Musikalität habt ihr von mir - und eure musikalische Robustheit, die habt ihr von der Mobbi!" scherzte der Opa und lachte sich krumm über diesen köstlichen kleinen Scherz.

Das Violinspiel lief mir heut sehr angenehm von der Hand, weil mir das frisch erfundene neue System gut taugt: Zuerst lernte ich die erste Seite von Schumanns d-moll Sonate glücklich auswendig, und da das Werk so leicht ins Ohr geht, dauerte dies lediglich 13 Minuten und 55 Sekunden. Und schon hopste ich wieder freudig um die Senioren herum.

Mobbl hatte zwei verschiedene Puddinge zubereitet, (Karamell und Schokolade) und davor gab es eine Reissuppe.

In leisem Nieselregen arbeitete das Lindalein, das von Rehlein den grünen Daumen geerbt hat, mit einer Schaufel am Kompost, und als ich Mobblns Frage, ob sie Suppe wünsche, weitertrug, stellte ich das fest, was ich immer feststelle, wenn ich mich mit der Linda einplappere: Daß ich mich - grad so wie bei Rehlein - nur mit der allergrößten Müh wieder aus ihrer Aura losreißen kann. Mit anderen Worten: Man steht in Lindas Aura und ist verloren. Böse Hände scheinen einem die Schuhe mit den Füßen drin auf dem Boden festgenagelt zu haben.

Von der Ferne hat man gesehen, wie der Opa im Dachgeschoss zweimal vergebens nach dem Lindalein herumgesucht hat. Man könnte natürlich meinen, er als Hochmoribunder hätte vergessen, nach was er suchen solle, aber der Opa war so süß und hatte sogar ein kleines Preisrätsel für uns parat: Wenn ein Wesen seiner Wesenheit entwunden wird: Wo west es dann weiter?"

„In der VERwesung!" riet ich richtig.

Beim Üben erlebte ich es durch das große Musikzimmerfenster hautnah mit, daß Ming aus Kärnten zurückkehrte.

Ming erzählte, daß es in Kärnten eine unangenehme Krise gegeben habe. Höchst interessiert verlangten Mobbl und ich eine detaillierte Schilderung der Geschehnisse im Hause K., doch zunächst setzten wir uns zum Tee zusammen.

„Warte noch kurz!" rief ich beim Teeaufbrühen, „damit ich die Geschichte noch besser genießen kann!"

Die Krise spielte sich zwischen Oma Hertha und dem jungen Gemüse (Gerlind & Fritz) ab. Omi H. hatte die jungen Leute beauftragt, auf dem Heimweg Speck vom Bauern mitzubringen, aber die jungen

Leute waren einfach zwei Stunden lang spazieren gewesen und scherten sich einen Teufel um die Bitte der Jungseniorin (52 Jahre alt), so daß *Ming* den Schwall der Entrüstung abbekommen hat. Ming hat sich aber so nett für die beiden entschuldigt und als Blitzableiter fungiert. Einige mütter- bzw. schwiegermütterliche Schmähworte waren für die jungen Leute allerdings doch noch übrig geblieben, und wie es in Familien nicht unüblich zu sein scheint, reagierten beide hochneurotisch und unangenehm. Verärgert verließen sie den so liebevoll gedeckten Tisch und haben nicht mitgegessen. Die kleine Daaje sagte: „Warum streiten die denn immer so viel?"

Die kleine Gesine habe ins Auto gekotzt, und als Ming sie trösten wollte, hat sie ihn so lieb angelacht.

Ming hatte pikante Klavierwerke von Gershwin einstudiert, und von dem einen Song wurde ich ganz trunken. Ich mochte mich gar nicht mehr von den Klängen trennen und tänzelte dazu im Zimmer herum. Jedesmal wenn Ming endete, sagte ich schmeichelnd: „Würdest du das bitte nochmals spielen, mein süßester Ming?" Die schöne Musik trug mich kurzzeitig aus meiner verstaubten Welt von Herrn Reimer, Herrn Bloser, Frau Kettler und anderen hinfort - kurzum, aus jener unscheinbaren Nische, in der ich die meiste Zeit kaure und quer am Leben vorbeilebe - und brachte mich der pulsierenden Welt der großen Genies wieder nah.

Nach einer Weile spielte auch ich aus meinem neuen Repertorium vor. Ming sah so blass aus und schloß beim Hören die Augen. Ich spielte die ersten beiden Sätze von der Symphonie espagnole, den ersten Satz vom Dvořák-Konzert und dann wollte ich unbedingt noch Beethovens humorvolle Es-Dur Sonate spielen, doch Ming klebte so lange am Computer, um einen Brief an die Tante Bea in Übersee zu verfassen.

Der Opa hatte sich in ein dickes Buch versenkt und sah im Lichtkegel der Lampe wie ein griechischer Gelehrter aus.

Als ich mich zu später Stund im Duschhäusl beprasseln ließ, stellte ich mir vor, wie ich Frau Lange frage: „Könnten Sie sich vorstellen, mich als drittes Kind zu adoptieren?" Und dann ziehe ich in das lugubre Haus am Wegesrand in Wolfenbüttel.
Ein Traum für Mutti Lange!

Montag, 19. Oktober

Verregnet.
Als es dunkel war,
strömte der nächtliche Regen
Kälte und Einsamkeit aus

Nach dem Erwachen war ich in größtes Behagen eingebettet. Geträumt hatte ich höchst interessant. So sehr, daß ich vom Gefühl beherrscht wurde, mich erst mühsam wieder im normalen Alltag zurechtfinden zu müssen. Ich versuchte den Traum festzuhalten, um ihn im Tagebuch zu verewigen, doch der Leser muß sich mein Bemühen bildhaft folgendermaßen vorstellen: Als hätte ich eine losfliegende Ente an den Beinen gepackt und mich bereits freudig am Gedanken an einen Entenbraten ergötzt. Doch dann entwischt mir das geschickte Tier ja doch noch durch die Dachluke und hinterlässt ein geschnattertes „Mich siehst du nimmer!"

Und genauso erging es mir mit meinem hochinteressanten Traum: Mein von der Bettschwere zum Wattebausch mutiertes Hirn konnte ihn nicht halten.

Nach meinem Erhöbnis besuchte ich Ming und Linda. Oben im Ashram (Mings Wohnung unter dem Dach) fühle ich mich meist so wohl, als besuche ich Onkel und Tante.

Doch Ming war so müd!

Wieder sprach ich über die larvierte Depression des Mannes und stellte Überlegungen solcherart an, daß es Ming gestern seelisch in die Tiefe gezogen haben könnte, als er sehen mußte, was aus seinem einstigen Schwarm Gerlind geworden ist: Eine bleiche, abgehärmte Mutti, die sich neurötliche Wortschlachten mit der Schwiemu liefert.

„Ein Segen, daß ich die Gerlind nicht geheiratet habe!" (habe Ming glücklich gedacht). Der Psychologe aber würde womöglich sagen, er habe dies „glücklich" gedacht, um den Schmerz in sich zu betäuben.

Ming und Linda schmunzeln immer gutmütig zu meinen weithergeholten Thesen, da sie der Meinung sind: „Auch so kann man es betrachten! Darauf bin ich noch gar nicht gekommen!"

Das Lindalein hat heut seinen ganzen Mut bündeln müssen, da es doch schon seit gestern einen Wissenschaftler anrufen möchte, um sich in einem „sympathischen jungen Forscherteam" zu bewerben.

Wir probten den Anruf ein wenig vor. Ich selber sollte den geheimnisumwobenen Hans Kroath am anderen Ende der Leitung darstellen. Aber wie schon so oft im Leben, kam es völlig anders als erwartet: Der Herr (in diesem Falle natürlich ich) war nämlich äußerst unkompliziert und sagte: „Eine Hilfe könnten wir sehr gut brauchen. Könnten Sie morgen früh um acht Uhr bereits anfangen?"

Dann ist es aber doch noch *ganz* anders gekommen als man dachte: Das Telefon funktionierte heut nämlich gar nicht (Umbauarbeiten).

Nun konnte man diesen Programmpunkt erst einmal knicken.

Stattdessen wanderten Lindalein und ich durch Schirmwetter zum Einkaufen nach Lanzenkirchen.

Vor einiger Zeit hat die Linda am Wegesrand einen ganz kleinen, bescheidenen Bioladen entdeckt, den wir nun freudig betraten. Ein helles Glöckchengebimmel begrüßte uns freundlich als neue Kunden.

Geführt wird der kleine Laden von einer jungen dynamischen Unternehmerin mit wunderschönen jugendlichen Zähnen.

An die Wand hatte die freundliche Besitzerin eine so schöne Idee hingepinnt: Ein Gemüseabonnement! Auf Wunsch wird einem einmal pro Woche frisch geerntetes Gemüse ins Haus geliefert.

Leider war die Post bereits geschlossen, und der dicke Brief von uns beiden an die Oma Ägypten ist nicht nur nicht weggekommen, sondern hat auch noch ein paar Regenspritzer abbekommen. Das kunstvoll gestaltete Kuvert mit meiner Zeichnung von der Nofretete schaute nun aus, als hätte ein fundamentalistischer Briefträger verärgert den allzu freizügigen Ausschnitt der Dame verwischt.

Die Nofretete steckt in einem festlichen Konzertkleid. In der Hand hält sie eine wie angeschmolzen aussehende, ganz weiche Violine, die den Kopf hängen lässt wie eine Blume, die zu gießen man vergessen hat.

In einem Auto auf dem Supermarktsparkplatz saß ein Herr, der soeben seine Brotzeit mümmelte. Er lachte mich so lustig an, daß ich von freudiger Verlegenheit erfasst wurde. Ich wandte den Blick schnell ab und mußte doch dauernd wieder hinschauen.

Im Supermarktsinneren kauften wir wahllos Kekse und Schokolade für die Großeltern, die beide äußerst naschhaft veranlagt sind. Beim Aussuchen fühlten wir uns wie im Schlaraffenland.

Wieder daheim:

Die Linda hatte heut einen Brief von ihrer Tante Nadia bekommen. Strahlend vor Begeisterung besuchte sie mich im Keller, um mir zu erzählen, daß es ja doch einen verborgenen Sinn gehabt habe, daß die Post heut schon geschlossen war. In dem Brief stand nämlich zu lesen, daß die Oma zur Zeit fünf Wochen auf Besuch in Amerika sei.

Oben im Ashram durfte ich den zweiseitigen langen Brief vorlesen, und die Linda schien sehr zufrieden mit meiner amerikanischen Aussprache.

Die Oma Mobbl hatte uns ein Grieskößchensüppchen zubereitet. Das Süppchen war Mobbln vorzüglich geglückt, nur die Herdplatte hatte sie vergessen abzuschalten.

Joggen konnte man heut nicht. Grad so, wie Mobbl die Herdplatte, hatte der heilige Petrus vergessen den Duschhahn abzustellen, aber zu einem kleinen Ausflug mit dem Regenschirm langte es uns doch. Wir liefen tief in den Wald zum Häuschen der Familie Lukeelen, an jener Stelle, wo das schöne Haus aus dem Jahre 1862, in dem einst Döleins Freund Lucksteiner gelebt hat, einfach abgerissen worden war, um einem neuen Gebäude Platz zu machen. Einem imposanten „Hausgebilde", das durch einen Hausschlauch in ein anderes Haus führt.

Dann liefen wir durch jene Waldschneise über glitschiges Herbstlaub und Steine, wo ich dem Opa einst als Zehnjährige dauernd die Ohren mit frisch erfundenen „Petrus & Gott"-Geschichten vollgequasselt habe. Einer Zeit, in der ich angefangen habe, in einer Parallelwelt zu leben.

Als wir am Haus von meiner Freundin Anna vorbeiliefen, fiel mir im Hinblick darauf, daß die Anna mit ihrem neuen Ehemann Rudi womöglich bereits weggezogen ist, ein Schüttelreim ein: „Schwer hat der Biss der Zeck gewogen, drum sind wir auch bald weggezogen." Nichts Großartiges gewiss, aber mein Gehirn fängt ja gerad erst damit an, auf Parkinsonpoesie umzuschalten, oder zumindest Seniorenpatina anzusetzen, die doch immer noch der beste Nährboden für Schüttelreime ist.

Ming hat am Mittwoch Matura-Zulassungs-prüfung, und als wir durch den Wald zurückliefen, referierte er über Kunstgeschichte. Gebannt hängte ich mich an seine Lippen.

Ming befindet sich auf dem besten Wege, ein Gelehrter zu werden, befand ich stolz.

Eigentlich fühlte ich mich heut pudelwohl, aber *eine* Sorge gab´s natürlich auch: Rehleins Bluthochdruck. Die Linda erzählte: „Gestern habe ich mir den ganzen Tag lang Sorgen gemacht!" Ich bekam irrsinnige Angst, Rehlein könne mit nur sechzig Jahren einen Schlaganfall erleiden und sterben, und so rief ich in Aurich an, um Rehlein anzubieten, bis zu ihrer Pensionierung ihre Schüler zu übernehmen. Rehlein war allerdings gut drauf, so daß mein Lebensglück wieder ins rechte Lot gerückt würde. Ihr Job sei bereits einer anderen Dame versprochen, berichtete Rehlein: Buzens ehemaliger Schülerin Beate F., einer herben Person, auf die womöglich keine leichten Zeiten warten, da Rehlein von ihren Schülern sehr geliebt wird.

Ich erzählte Rehlein, daß ich der Oma Ägypten einen Brief geschrieben und hinzu Lindaleins Kuvert mit einer launigen Zeichnung verziert habe, und wie die Oma vielleicht ausruft: „Allah ach Allah!", denn Omas sind doch auf der ganzen Welt gleich, oder? Sie wünschen das Beste für ihre Enkel und schlagen gern die Hände über dem Kopf zusammen. Entgeistert von so viel Unverstand.

Nach dem Telefonat geriet ich in freudige Begeisterung darüber, daß Rehlein in ihrem langen Leben noch keinen Schlaganfall bekommen hat, und vielleicht auch nie einen bekommt, wer weiß? Rehlein wünscht sich einen jähen Tod, wie er einst der Uroma vergönnt war, die einfach tot umfiel, als es grad niemand erwartet hatte, so daß davon auszugehen ist, daß die Uroma bis heute nicht gemerkt hat, daß sie bereits verstorben ist.

Rehlein schlug vor, den kleinen Tino, ihren Lieblingsschüler, der demnächst ein kurzes Auslandsjahr (streng genommen handelt es sich aber nur um eine Auslandswoche) im Schwabenland machen möchte, zu mir zu nehmen, auch wenn er in meinem Zimmer nächtigen müsste. Aber er sei ein süßes Kerlchen, und wahrscheinlich würde es sehr nett mir ihm.

Abends als es dunkel war, aßen wir oben im Ashram zu Abend. Ich legte die Händel-Oper „Acis und Galatea" ein.

Einmal passierte bei Tisch etwas leicht Spaßhaftes, was aber zu Händels Zeiten in einer Komödie ein

Riesenspaß gewesen wäre: Das Publikum wäre am Boden gelegen vor Lachen! Ein Scherz, der durch die große Fülle an Späßen, die seither gezündet worden sind, etwas abgeschliffen ist, so daß ich ihn sogar vergessen habe.

Um 21.05 schaute ich unten mit Opa und Mobbl einen Report. Es ging um die am 2. März spurlos verschwundene Natascha Krampus aus Wien, und handelte im Wesentlichen davon, daß den Eltern jetzt das Kindergeld abgedreht wurde. Mutti Brigitta hatte dem Blag noch eine finale Watschen verabreicht, da sie leider eine ekelhafte Wiener Mutti war, wie Zeitzeugen übereinstimmend berichten. Außer zischenden Orkanwatschen, Gekeife und Gemecker hat die kleine Natascha in ihrem kurzen Leben von ihrer Mutter nicht viel gehabt. Doch dies sei in Wien die Norm. Nicht mehr und nicht weniger. Nach der demütigenden Watschen entschwand die Natascha grußfrei und wurde nie wieder gesehen. Bei Aktenzeichen XY hätte man den Schluß jedoch sicherlich ein bißchen verändert:

„Tschüss, Mutti! Bis später!"

„Viel Spaß mein Schatz! Ärgere deine Lehrer nicht allzu sehr, und sei bitte pünktlich zum Mittagessen. Es gibt Miracoli - dein Lieblingsgericht!"

„Hurra!"

Hernach spielte mir Ming noch sechs bis siebenmal meinen neuen Lieblings-Hit von George Gershwin „I´ve got rhythm" vor, an dem ich mich einfach nicht satt hören kann. (So wie Andere sich nicht unter dem Duschstrahl hinwegzulösen vermögen)

Nach einer Weile hörte man das zarte Tapsen von Filzpantoffeln auf der Treppe. Der Opa kam zu Besuch, und ihm zu Ehren servierten wir ein köstliches Kaffee-Vanille-Eis. Der Opa war plötzlich von überraschendem Schwung erfüllt, dieweil er wie meist, fast den ganzen Tag geschlafen hatte.

Und während Mobbl nach einem arbeitsamen Tag nun ein wenig vor dem Bildschirm herumdöste, war Leben in den ansonsten durmeligen Greisen gekommen, und er suchte (vergebens) an seinen Schüttelreimen herum und bat darum, ihn morgen daran zu erinnern, daß er dem Bundespräsidenten schreiben müsse: „Wissen Sie überhaupt wer der bedeutendste Dichter im deutschsprachigen Raum ist?"

Ming und Lindalein wechseln sich darin ab, ins Ägyptentagebuch zu schreiben. (Einem wunderschönen, großformatigen Tagebuch der Firma Kock, das ich ihnen geschenkt habe, und auf dessen Deckblatt ein Kunstwerk aus Ägypten abgebildet ist)

Dienstag, 20. Oktober

Noch glänzte es regenfeucht,
doch zwischendrin
zärtlich, verhohlener Sonnenschein.
Abends war die Wolkendecke
an einigen Stellen aufgeplatzt
und es flutete pures Gold hervor

Derzeit liege ich „abends" immer erst weit nach Mitternacht im Bett, so daß ich die Schilderung des heutigen Tages mit dem Bettgang beginne: Vor dem Einschlafen lese ich derzeit in meinem Roman „Eine unmögliche Liebe", der mir sehr gut gefällt, auch wenn es mir gelegentlich passiert, daß ich eine ganze Weile lang nicht aufpasse, was ich da lese. Es ist die Lektüre selber, die meine Gedanken so weit hinwegtreibt. Mehr noch: Das Buch bringt mich auf Ideen, an denen ein bißchen herumgesponnen werden sollte: In mir keimte der Gedanke auf, Briefe an Herrn Notte und Frau Hummels zu schreiben - zwei Menschen, die mir äußerst fremd und fast ein wenig zuwider sind. Um den negativen Eindruck, den ich von ihnen habe durch einen besseren zu ersetzen, würde ich sie gerne zum Abendessen einladen. Bis jetzt haben sie sich mir lediglich als kühl, eilig, unpersönlich, geschäftig und nicht zuletzt die Nase eine Spur zu hoch tragend präsentiert. Mir sei es ein Herzensbedürfnis, ihre zweifellos vorhandenen verborgenen Seiten kennenzulernen, die möglicherweise aus purem Gold sind.

All dies dachte ich nur aus jenem Grunde, weil der alte Orchestermusiker in meinem Roman einen Herrn, dem er zwei Jahre lang immer wieder auf einer Treppe begegnet ist und mit dem er nie ein Wort gewechselt hat, zu einem Whiskey an seinem Kamin eingeladen hat. Er tat´s aus einer spontanen Laune heraus.

Am Morgen träumte mir allerlei: *Daß ich tatsächlich die Dummheit begangen habe, in mein neues Michelangelo-Tagebuch der Firma Kock vier Tage im Voraus hineinzuschreiben, damit ich nicht dauernd Dichtschulden abtragen muß, und ständig mit dem zwickenden Gefühl lebe, noch Hausaufgaben machen zu müssen.*

Nun war ich jedoch dazu gezwungen, genau so leben, wie ich´s beschrieben hatte: Denn was ich da alles hineingepackt hab! Zum Beispiel, daß wir ein piekfeines Caféhaus besuchten, worin man sich ein Eis mit Krokanthaube bestellen konnte. Was, wenn es dererlei dort gar nicht gäbe?

Oder daß wir in die Berge fuhren.

Diesen unvergesslichen Ausflug hatte ich kunstvoll beschrieben: Zackige Felsspitzen unter australisch bläuestem Himmel. Es war so schön, daß man am Fuße des Berges Eintritt entrichten mußte. Doch vergebens wühlte ich in meinem Börsl nach der verlangten Summe.

Am Morgen frühstückte ich mit Mobbln. Ming saß im Sorgenstuhl daneben und blätterte interessiert in einem Kunstband, da er doch heut Prüfung hatte.

Ich konfrontierte Mobbl mit einer Sünde aus der Vergangenheit, und Mobbl zeigte sich überraschend einsichtig: „Da habe ich vielleicht gesponnen?"

Aber ich tat´s ja auf meine gewohnt nette Art und frei von jeglicher Bosheit und Aufrechnungsdürsteleien wie vom bösen Uschilein ("Gib´s doch zuuuuuu! Ihr wart eine Generation von Wegschauern!") Ich hatte daran erinnert, wie Mobbl an Opas letztem Geburtstag wutschnaubend in die Tasten gehauen und ausgerufen habe: „Hoffentlich erleb i keinen mehr!" Ausgerechnet am Geburtstag hatte sich ein böser Ehezwist entzündet, und jetzt schaut´s ja doch so aus, als müsse sie dem Opa bald den 89sten ausrichten, obwohl, oder auch *weil* der Opa gestern fast die ganze Flasche Granoton aus dem Reformhaus (48% vol) geleert hat. Opa nach dem Genuss: „Mir ist so durmelig zumute!" (Es wird empfohlen, dieses einzigartig köstliche Getränk - einen sämigen Orangen- und Zitronenlikör - lediglich in Fingerhutform einzunehmen. Von halben oder gar ganzen Flaschen in einem Schwapp wird abgeraten). Doch dies hatte der Opa wohl überlesen.

In der „Ganzen Woche" (wöchentlich erscheinendem Journal, das von den Erwachsenen begeistert gelesen wird) gibt es neuerdings die Rubrik „Frage & Antwort". Lauter interessanten Frangen an Prominente: Diesmal mit Nina Pröll die, wie es die Prominenten so an sich haben, lauter kurzangebundene, verschleiernde Antworten gab.

„Mit wem möchten Sie im Lift stecken bleiben?"

„Ich möchte gar nicht im Lift stecken bleiben!" antwortete die kühle Blonde, und dabei gibt es doch ganz sicher jemanden? Bloß kennen den die Leut ja nicht. Eine Antwort, die gänzlich an der Frage vorbeigeht. Aus Spaß stellte ich nun Mobbln all diese Fragen.

„Auf welchen Luxus möchten Sie nicht verzichten?"

„Auf meinen grünen Sorgenstuhl!"

„Was könnten Sie am wenigsten verzeihen?"

„Wenn man mir meinen grünen Sorgenstuhl wegnähme!"

Ebenfalls eine Antwort, die völlig an der Realität vorbeigeht, und es wäre so schön, wenn die Leute mal anfangen würden, realistische Antworten zu geben. Ich selber dachte eine Weile über die beiden Fragen nach:

Luxus, auf den ich nicht verzichten möchte: Meine Violine, meine Brille, mein Wilhelm Busch Album mit den köstlichen Zeichnungen und Gedichten, die CD mit den Bruckner-Symphonien, die Schallplatten von meinem geliebten Vater, das kleine Bändchen „Geschichten aus Mirgorod" von Nikolai Gogol (historische Ausgabe, die es heute nicht mehr gibt), aus dem uns der Opa einst jeden Abend vorgelesen hat....? Meine Gedanken wanderten zu Gidon Kremer *und seinem Sabbatjahr im Rasthof Aistersheim nahe der deutschen Grenze. Er ist ein sehr genügsamer Mensch. Ihm reicht ein gutgefülltes Bankkonto, ein Koffer voller Bücher - und auf seine warmen Babuschen und den Bratenrock möchte er im Winter auch nicht verzichten.*

Was ich nicht verzeihen könnte? Wie mein Vater, und anders als meine Mutter, bin ich ein sehr versöhnlicher Mensch, und zu dieser Frage fällt mir überhaupt nichts ein.

Ja, hier sieht man: Ich tendiere dazu, das Leben eines Anderen zu führen und mein eigenes in die Ecke zu stellen.

Mobbl schlummerte im grünen Sorgenstuhl.
Mit zärtlicher Rührung betrachtete ich meine alte Großmutter.

Später machte sich Mobbl allerdings auf eine Weise an der Waschmaschine zu schaffen, daß Rehlein die Haare zu Berge gestanden wären. Wieder wurde ich schmerzlich an meine eigene Unfähigkeit im Haushalt erinnert, und wie es mir nicht möglich scheint, an Rehleins reichhaltige Erfahrung und Weisheit anzuknüpfen. Die alte Dame stand vor der Waschmaschine und entzündete ein Streichholz, um die winzige Schrift auf dem Knauf besser lesen zu können. Für Rehleins Blick in mir sah es allerdings aus, als wolle sie den Knauf in Brand setzen, so daß alles in die Luft gesprengt würde. Dann drehte Mobbl den Knauf in alle möglichen Richtungen und erzählte dazu, wie die Reinmachefee Maria die Waschmaschine kaputt gemacht habe.

Mobbl hatte Maria und Gerlind auf dem Kieker. Inzwischen standen wir wieder in der Küche. Ich spülte und hörte Mobbelns Bruddelagen gutmütig zu. Mobbl hat die Maria im Verdacht, einen tiefgekühlten Germknödel aus der Packung gemopst zu haben. Und die Gerlin* wiederum habe das Wänstesle (so wird Ming von Omi Mobbl genannt) hörig gemacht. Und bestimmt habe sie ihn damals wüst angebrüllt, daß er sie gefälligst mit nach Amerika nehmen solle, so Mobbl.

*Aus purer Bosheit kehrt Mobbl das „d" in Gerlinds Namen einfach unter den Teppich

Unser Held rüstete sich derweil zur Matura-Prüfung. Allerdings hatte er etwas durcheinandergewirbelt. Er hatte gemeint, heut käme „Bildende Kunst", und dabei war´s „Psychologie und Philosophie".

„Fahr vorsichtig, mein Schatz!" sagte ich besorgt, weil ich Ming sehr liebe.

„Ich fahre nur bis Klein Wolkersdorf!"

„Ach so. Dann brauchst du nicht vorsichtig zu fahren!" sagte ich eifrig, da dieser Weg ja äußerst ländlich und unkompliziert ist.

Den Mittelteil des Tages verbrachten wir somit mingesfrei. Ein seltsames und doch auch angenehmes Gefühl. Ming fühlt sich mittlerweile an, als sei *er* das Familienoberhaupt und habe den Platzhirsch „Opa" aus dem Revier vertrieben.
Den ganzen Tag lang freut man sich auf das Familienoberhaupt vor. Am Abend kehrt es zurück und hat soooo viel aus der realen Welt viel zu erzählen.

Zu Mittag gab´s die Grieskößchensuppe von gestern, doch heute schmeckte sie bereits leicht säuerlich.

Am Nachmittag war Ming plötzlich wieder da. Das, was ich auf schwesterlich-neckender Ebene prophezeit hatte - einen Vierer im weltfremden Fach Psychologie & Philosophie - war für Ming demütigende Realität geworden. Allerdings sei die Lehrerin auch nicht so nett. Einmal habe sie gar argwöhnisch einen Zettel umgedreht, den Ming doch nur bei sich führte, um sich interessiert Notizen zu machen.
„Heute habe ich nur eine Note gekriegt!" erzählte Ming.
„Tatsächlich?" frug der Opa und lachte süß, weil er eh nix verstanden hatte. Bei uns breitete sich somit eine Stimmung aus, als hätten wir noch einen ganz

jungen Sohn, der mitten in der Schulbildung steht und jeden Mittag die unglaublichsten Geschichten aus dem wahren Leben mit nach Hause bringt.

In zauberischster, blass-frischer Dämmerstund, die mich an meine Kindheit in Bühlertal erinnerte, machte ich einen kleinen Ausflug mit Ming und Linda Richtung Melberleiten (einem entlegenen Milchholdorf). Ich liebte Ming und Linda unendlich. Natürlich sprachen wir hauptsächlich über die Prüfung und das drumherum: Ming ist in der Bahn gar von einem rechthaberisch veranlagten Opa geschubbst worden. Somit war es heut bis jetzt kein so schöner Tag für den armen Ming.

Am frühen Abend lief ich dem milchgeholt-habenden Opa entgegen. Die Kalgasse ist um diese Uhrzeit ziemlich finster, doch glücklich gabelte ich den Opa in der Nähe vom Gasthaus auf. Opas Greisenhand fühlt sich so wunderbar warm an, und ich fand es so schön, daß ich ihn habe.

Wieder aß ich oben bei Ming und Linda zu Abend. Wie ein Kleinkind erinnerte ich Ming dauernd daran, daß *er* heut dran sei mit dem Tagebuch schreiben, da ich nichts auf der Welt lieber lese, als das Gemeinschaftstagebuch von Ming und Linda.

Ming erzählte, daß nahezu alle Bekannten die er hat sich von alleine nie wieder melden würden. Ich erfuhr auch, daß die Linda auf die Dolores nicht so gut zu sprechen sei. Ständig kommt die Dolores zu Besuch und taxiert ihre Grenzen aus, wie eine Pubertierende.

Ich erzählte, daß ich neulich aus Ärger über Hildes Arroganz nicht schlafen konnte, obwohl die Hilde eigentlich gar nichts Bestimmtes gesagt oder gemacht hat. Aber es lag einfach zum Schneiden in der Luft, daß so ziemlich alles, was ich jetzt sagen würde, sie nur genervt hätte.

Dann wiederum sprach Ming davon, daß die Colette durch den Professor, als dessen Anhängsel sie sich nun installieren muß, ihre ganze jugendliche Frische verloren habe. Die bezaubernde Art, auf einen zuzugehen, sei einfach verschwunden.

Dann schrieb Ming mindestens eine halbe Stunde lang ins Tagebuch, und auf eines freue ich mich ja immer ganz besonders: Wenn wir uns zu später Stund zum Tagesausklang gegenseitig aus unserem Tagebuch vorlesen. Ming und Linda in Ermangelung von Material das frisch Geschriebene und ich, was heut vor einem Jahr geschah. Leider rief Mings Freund Arthur an und verdarb unsere Lesung, da sich das Telefonat zu einem abendfüllenden Herrengespräch ausweitete.

Mittwoch, 21. Oktober

Lieblich zarter Herbst.
Blauer Himmel
und milder Sonnenschein
in matten Orangetönen

Heut durchzog´s meine Träume, *daß geplant war, bei Valeries* Hochzeit das ganze lange Beethoven-Quartett op. 59/1 zu spielen (ein Werk, das den meisten Leuten auf den ersten Horch nichts sagt), und ich ahnte schon voraus, daß die hochneurotische Valerie* (eine Variante vom bösen Uschilein aus dem wahren Leben) *wahrscheinlich stinksauer würde, weil es doch <u>ihr</u> Fest sein solle und kein Konzert für <u>uns</u>.*
_{*Einer jungen Frau aus der „Lindenstraße"}

Im wahren Leben frühstückte ich mit Opa & Mobbln.

Aus dem „Fast-nach-Wiener-Neustadt-fahren" wurde sogar ein „fast-nach-Wien-fahren", das seinerseits wiederum doch nur zu einem Daheimblieb zusammenschnurrte.

Leichte Verdrießlichkeiten bestimmten den Vormittag: Ming fand und fand seine Brille nicht (der berühmte „Generationenruck") und die Linda sah davon ganz blass und geelendet aus - wie eine Ehefrau. Später - die Brille war längst gefunden worden, und doch waren kostbare Minutenbündel unaufklaubbar einem sinnlosen Ärgernis zum Opfer gefallen - hat´s dann zu allem Überfluß geheißen, *beide* Autos sprängen nicht an, weil sie halt je alt sind.

Mobbl war leicht bruddelig geworden, weil es überall so unordentlich ausschaute, und „der gnädige Herr" sich schon wieder auf´s Ohr gelegt hatte.

Mittags - man muß schon sagen - *schuftete* Mobbl an einem Kartoffelpürrée herum, weil die riesige Knoblauchpresse, die man dafür braucht, ein wenig aus den Angeln gegangeln war, (dies wegen dem Reim) und außerdem waren die Kartoffeln noch viel zu hart. So half ich ein wenig mit und hörte mir Mobblns grämliche Worte über den Herrn Gemahl an.

Kaum war das Kartoffelpürrée ein bißchen fertig, da sagte Mobbl schon verkniffen: „Jetzt weck ich den Opa!" und mit einer für eine 88-Jährige ganz erstaunlichen Geschwindigkeit, von Zorn getragen, stürmte sie Opas Zimmer und weckte ihn lieblos mit einer scharfen Bemerkung.

Ich selber räumte die Küche auf und bruddelte im Stile Mobblns allerlei zusammen, um mich selber zu unterhalten: „I sag gar nix mehr!"

Die Linda hatte einen ganzen Topf mit Linsensuppe für uns vorbereitet, und beim Essen selber wurde es gleich viel lustiger. Ich erzählte, wie wir unlängst im Fernsehen kamen, und der Opa sagte verschmitzt: „Ich war auch mal im Fernsehen: Als die Einwohnerzahl von Österreich genannt wurde, da war auch ich darunter", und schüttelte sich so bezaubernd vor Lachen. Ein Lachen - basierend auf erhöhter Erheiterungfähigkeit - das er seinem jüngsten Sohn Andi vererbt hat, so daß es nach Opas Heimgang noch eine ganze Weile lang auf Erden verbleiben könnte.

Ich erzählte von Buzens Schüler Gunter und dem Furzfilter, den wir ihm anonym schicken sollten, da er sonst womöglich niemals ein Probejahr im Orchester besteht. Man klebt ihn diskret über die Poritze und wird gelegentlicher von interessanten Düften umschwebt – wahlweise Minze, Lavendel oder Citrone. („Jemand, der es gut mit Ihnen meint")

Dann berichtete ich von den vielen Trittbrettfahrern im Bus. Der Gunter stand unter dem scharfen Ruf ein großer Furzer zu sein, und all die warmen und würzigen Fürze, die im Bus aufmüffelten, wurden *ihm* zugeschrieben. Aber man sagte nichts, da er ja ansonsten ein netter Kerl ist.

Normalerweise jogge ich täglich etwas stumpfsinnig und nur auf Abhakungsbasis an Lukeelens Anwesen vorbei. Doch derzeit wird dort gebaut, und die Bauarbeiter empfinde ich als unfreundlich. Auf der Baustelle herrscht eine Atmosphäre wie in der Musikhochschule. Überall stehen konzertpianistenartige, sich wichtig bedünkende Bauarbeiter, an denen mit hüpfenden Milchbunkern vorbeizuhoppeln, und sich womöglich den ein oder anderen Pfiff einzufangen, mir peinlich wäre. Und so scherte ich aus der Gewohnheit aus und rannte rechts in den einsamen Wald hinein. Mein Weg führte mich am

Marterl vorbei, und es war so schön! Ein zärtlich neckender Wind zauste nicht nur mir die Frisur, sondern auch den Baumwipfeln die prächtige Blätterhaube, und ich fühlte mich fast wie die siebenjährige Annemarie im Film „Es geschah am hellichten Tage", die nicht auf ihre Eltern gehört hat und immer tiefer in den Wald hineingelaufen ist...

Ab 16 Uhr beginnt sich bei uns daheim stets eine gewisse Jausenstimmung auszubreiten. Ich wurde von meiner Beethoven-Sonate hinweggelockt, und den Fleiß, zu ihr zurückzukehren, fand ich später nicht mehr, zumal Mobbl auch bereits mit dem Kaffeegeschirr herumklapperte.

Mobbl erzählte von Franz Fuchs, dem Briefbombenattentäter von der „Bajuwarischen Befreiungsfront" (einem Einmann-Unternehmen), der jetzt in Graz in U-Haft sitzt. Dort tut er gar nichts: weder lesen, fernsehen noch Radio hören - und Besuch empfängt er auch keinen.

Doch das Gespräch verharrte nicht lange bei dem armen Gestrauchelten, dem ein roher Serbe die Liebe seines Lebens ausgespannt hat, so daß es letztendlich der Groll auf die Balkanesen war, der ihn zu den rohen Taten getrieben hatte. „Serbien muß sterbien!" lautete sein Lebensmotto.

Die Unterhaltung bewegte sich in andere Ecken und schwenkte schon recht bald - wie dies derzeit wohl global die Norm sein dürfte - zur Clinton-Affäre hinüber. Nach außen hin hält die Hillary ihrem Bill die Stange, doch wie es privat aussieht, möchte man sich ja gar nicht erst ausmalen! Sie schreit: „Fasssss mich nicht an!" und dergleichen mehr, und man kann nur froh sein, nicht dabei stehen und sich das wüste Gegeifer anhören zu müssen.

Im Fernsehen lief „Brisant".

Der Opa scherte sich allerdings nicht um all die Dramen, die vor den interessierten Zuschauern ausgebreitet wurden, und las stattdessen lustige Gedichte vor. Er schüttelte sich vor Erheiterung und wollte altherrengemäß einfach kein Ende finden, während Mobbl doch so gerne die Details zum Familiendrama in Altdorf gehört hätte. Demgemäß schnitt Mobbl ein langes Gesicht, statt fröhlich mitzulachen.

Bei den Gedichten handelte es sich um Übersetzungen aus einem englischen Kinderbuch, die der Opa für sein jüngstes Kind, das Anderle, gemacht hatte. Nun lachte der Opa Tränen über das Gedicht, wie der Teddy sich die Klopumpe auf den Kopf gestülpt hat, weil er gemeint hatte, dies sei ein Hut. Und dann hat der Vater losgepoltert: „Wo ist die Klopumpe?"

Von Ming hat´s geheißen, er habe heut zwei Einser eingeheimst. Außerdem erfuhr ich, daß der von Rehlein so verteufelte Herr Kämmerling einen sehr netten Brief geschrieben habe, dieweil Ming ihm seine Goldberg-CD geschickt hat. „Gratulation!" schrieb der alternde Professor in schlappem

Leuchten. Dies ist eine höfliche Umschreibung dafür, daß man die CD vielleicht einmal anhören wird, wenn man denn mal ganz viel Zeit hat. Aber der Erwachsenenkundler weiß: Dieser Zeitpunkt wird so schnell nicht kommen.

Als es schon beinahe ganz dunkel war, machten Mobbl, Ming und ich noch einen Spaziergang durchs raschelnde Herbstlaub bis zum Marterl hin. Wir spielten heiteres Bach-Sonaten-Raten; Ming und Mobbl sollten raten, welchen Satz aus welcher Bach-Sonate ich da vor mich hinpfeife und vorallendingen was für eine Tempobezeichnung er wohl trüge. Ming ist derzeit so bezaubernd, wie es nur Ming sein kann.

„Mobbl, sollen wir dich fliegen lassen?" frugen wir die alte Dame und packten sie je am Henkel. Doch die Zeiten wo die kleine Mobbl von ihren stolzen Eltern mit fröhlichen Hui-Rufen durch die Luft gewirbelt wurde sind lang vorbei, und heut schaffen es selbst zwei kräftige junge Leute nicht mehr, Mobblns Füße vom Erdboden zu lösen.

Mobbl kann sich noch gut daran erinnern, wie sie einst stolz und einen ganzen Kopf höher als die Erwachsenen, auf den Schultern von ihrem Papi saß. Sie erinnert sich, als sei dies gestern erst gewesen.

Es heißt, Ming sei seinem Urgroßvater Ferdel so ähnlich.

Als wir uns dann zum Abendessen niedersetzten, erzählte Ming gerührt, daß ich mir mal so nett und romantisch ausgemalt habe, wie ich mit Ming und

Gerlind zusammenwohnen wollte. Die Gerlind hat aber auf jenem feuchten herbstblattbedeckten Waldpfad klip & klar „Nein!" gesagt, da sie die Meinung vertrat, man müsse im Vorfeld klare Absprachen treffen. „Ich muß mit Wanto* alleine leben!" sagte sie, und das Wörtchen „Wanto" sprach sie spitzlippig und derart besitzansprüchlich aus, daß Mobbl in mir ihr noch heute gerne eine zischende Backpfeife dafür verabreichen würde. *so nannte sie Ming damals

Die Linda holte ihre Violine herbei, um uns an den Früchten ihrer Arbeit nippen zu lassen. Sie spielte uns eine Etüde aus dem Auer-Heft und eine Händel-Sonate vor, da sie jetzt für die Kreutzer-Sonate im Jahre 2009 vorarbeiten will. Zu diesem Zwecke sollte Buz herkommen, um das Lindalein drei Monate lang jeden Tag acht Stunden lang zu unterrichten. Dann würde sie die beste Geigerin der Welt, und für den süßesten Buz, der das Lindalein und ihre große künstlerische Begabung und Intelligenz sehr verehrt, wäre dies die schönste und ehrenvollste Aufgabe überhaupt.

Nachtrag 2024:
Noch immer denke ich:
Hätte man Buz mal mit dieser wunderbaren Aufgabe betraut!
Er wäre heut noch da...

Donnerstag, 22. Oktober

Ein wunderschöner goldener Herbsttag

Heute träumte ich *von Doris Schröder-Köpfs seltsam leer und unbefriedigend verlaufendem Leben als junger Kanzlergattin. Man hörte ihre Gedanken laut, und eigentümlicherweise waren es meine eigenen, hochvirtuosen Gedanken, die ich nach Herzenslust formen durfte.*

Der Kanzler behandelte die kleine Klara (Doris Köpfs Tochter aus erster Ehe) so, als habe er sich nicht einmal die Mühe gemacht, sich ihren Namen zu merken. Zwar hatte er ihr ein Pony gekauft, damit sie Ruhe gibt; doch er hat ja Geld wie Heu, und im Grunde war es nur ein lachhafter PR-Gag.

Dann träumte mir, *daß ich in die bläulich-lautlos luxuriöse Villa von Herrn Ahrend gezogen war; mich nun meinerseits ähnlich unwirklich wie die Kanzlergattin fühlend.*

Im wirklichen Leben war vereinbart worden, daß ich mich um 7.05 mit Ming & Linda zu einem Morgenspaziergang treffe. In schönstem Sonnenschein liefen wir den Spazierweg Nummero drei entlang. Unglücklicherweise kamen wir heut auf ein Thema zu sprechen, daß sich die Linda schon den ganzen Sommer über hat anhören müssen: Mings so mühsam stagnierende Karriere als bedeutender Pianist. Satirisch und leicht verbittert zählte Ming nur das auf, was *nicht* funktioniert. Er bekommt keine Antworten oder aber nölige Absagen. Die Kulturämter zeigen sich gänzlich desinteressiert an den so wunderschönen Programmen, die der süßeste Ming anzubieten hat. Programme, die die Hörer doch immer in hellste Begeisterung und Verzückung versetzen.

Ich machte Ming darauf aufmerksam, daß seine Einstellung nur die erste, beziehungsweise *Vor*stufe zur zweiten Stufe - jener Verbitterung sei, in der sich die Hilde derzeit befindet: Daß man vor lauter Enttäuschung auch gar keine schwierigen Stücke mehr einüben möchte, und es auch sonst nicht mehr groß einsieht, sich Mühe zu machen. Für wen auch? Für niemanden!

An einer Stelle sagte Ming: „Jetzt gehen wir wieder zurück!" „Nein!" sagte ich. „Na gut!" sagte Ming, und „na gut", sagte dissonant in diese Buchstabengirlande eingearbeitet auch ich zu Mings Vorschlag, und so begaben wir uns wieder heim.

Auch auf dem Heimweg war es mir vor dem Lindalein dran peinlich, daß wir so typisch musikerhaft geredet haben. Man bekommt Angst, das Lindalein könne sich - angeödet von all den negativen Geschichten - mit der Zeit von Ming abwenden; aber die größte Furcht verspüre ich davor, daß Ming eines Tages nach Amerika auswandert, womit man ihn ja so gut wie nie mehr sehen würde. Eine Auswanderung nach Amerika bedeutet im Klartext „eine Beerdigung auf Raten".

Derzeit hat Ming leider eine sehr unjugendliche Ausstrahlung angenommen. Wenn man überlegt, wie mitreißend der bezaubernde Buz in Mings Alter die tollsten Luftschlösser gebaut hat! Warum kann Ming das nicht auch?

Ich überlegte mir, wie es wohl in zehn Jahren ist, und kam zu dem Schluß: Alles beim Alten. Die Mobbl ist 98, der Opa fast 99 Jahre alt. Und nur die Linda ist einem Professor der Wissenschaften erlegen und wohnt nicht mehr oben im Ashram, sondern im 60 Kilometer entfernten Wien.

Die Herbstfarben leuchteten so intensiv und es sah so schön aus, wie in Nordamerika.

Mobbl hatte sich heut mit einer selbsgenähten türkisfarbenen Bluse verschönt und putzte am Vormittag mit großer Hingabe die Schuhe. Ich war Mobbln sehr dankbar dafür, da ich selber leider keine gute Schuhputztechnik habe. Mobbl polierte so lange daran herum, bis die Schuhe allesamt blitzten und blinkten.

Es wurde später und später und der Opa hatte sich noch immer nicht erhoben.

Mobbl und ich schauten uns einen Film über siamesische Zwillinge an: Zwei süße kleine thailändische Mädchen waren ungeschickt an Hüfte und Becken zusammengewachsen und mußten in einer dramatischen Operation getrennt werden. Und weil sie zuvor zusammen nur drei Beine gehabt haben, hat jetzt eine bloß mehr *ein* Bein, und diese Entscheidung hatten sich die Ärzte fürwahr nicht leicht gemacht. Wer soll das über- bzw. natürlich unterschüssige Bein behalten dürfen? Doch ohne diese klare Entscheidung hätten beide bloß mehr ein Bein, und so musste sie schweren Herzens getroffen werden. Womöglich hat man eine Münze geworfen.

Bevor wir um 14 Uhr zum Mittagessen im Gasthaus aufbrachen, hat Mobbl dem schlafenden Opa noch eine Wüstheit gesagt. „Der gnädige Herr...." mit fauchendem Unterton.

Ob ihr wohl das gleiche nochmal passiert, wie damals mit der Uroma?

Im August 1969 starb die Uroma - 83-jährig - den jähen Pikierungstod. Nachdem man sich bei Tisch nur über sie lustig gemacht hatte, trug sie einen Stapel Geschirr in die Küche, um auf gekränkte Weise zu unterstreichen, daß sie sehr wohl wisse, was in diesem irdischen Leben noch von ihr erwartet würde: Schaffö, schenkö, schweigö. Schaffen, schenken, schweigen Und als sie tot zu Boden sank, krachte auch der Stapel an Tellern splitternd durch die Küche.

„Herrgott, was hat sie denn jetzt schon wieder hinuntergeschmissen!" habe Mobbl gereizt aus dem Häusl gerufen... Man sieht's kommen, und eines Tages wird auch das Letzte, was der Opa in diesem irdischen Leben von seiner Frau zu hören bekommt, eine Grobheit sein...

Durch schönsten Sonnenschein wackelten Mobbl und ich zum Gasthaus am Fuße des Kalgassenbuckels. Spaßhaft malte ich uns aus, wir seien siamesische Zwillinge, die an der Hüfte zusammengewachsen und somit gezwungen sind, ihren Lebensweg gemeinsam abzuschreiten.

Noch immer bruddelte Mobbl dem Opa hinterher, der durch seine faulheitsbedingte Bettschwere bereits mehr als die Hälfte dieses wunderschönen Herbsttages verpasst hatte. Weiß er denn nicht, daß Faulheit immer neue Faulheit gebiert?

Wir liefen an zwei höflichen Buben vorbei, die uns so freundlich grüßten - und ja, auf Höflichkeiten japanischer Art legen die heutigen, nachgereiften Österreicher großen Wert, um den üblen Eindruck, den ihre Vorfahren hinterlassen haben, vergessen zu machen.

Im Gasthaus war die Mobbl so süß und sah das Leben kurz aus der Seniorenperspektive, indem sie sich nämlich einen Tisch weiter im Kneipenmittleren setzen wollte. „Da muss der Kellner nicht so weit laufen!" sagte Mobbl nett.

Der Gastwirt, Herr Turner, so erfuhren wir, baut bereits seit zwanzig Jahren um, und ein Ende ist immer noch nicht abzusehen. Über andere Besitztümer erzählte er Mobbln, daß man sie verpachtet habe. „Ich verpachte auch bald!" scherzte Mobbl, „mitsamt meinem Mann drin!"

Mobbl aß Kalbfleisch mit Reis und ich wiederum einen sogenannten „Reitertoast": Ganz normales geröstetes Brot mit Käse, Schinken und einem Spiegelei obenauf. Einfach jedoch köstlich!

Zu Unterhaltungszwecken holte ich uns ein paar Journale und das Tagesblatt herbei.

In der Zeitung stand zu lesen, daß die Eltern der verschwundenen Natascha einen Appell an die Entführer gerichtet haben: Die quälende Ungewissheit was mit ihrem Kind passiert ist, drohe ihr Leben zu zerstören. Der Vater sei etwas netter als die

Mutter (wie an anderer Stelle in diesem Buch bereits erwähnt, eine zänkische und rohe Wienerin), so daß *er* das Wort ergreifen durfte. Seine Frau saß bloß neben ihm und nickte stumm zu seinen emotionalen Reden.

Einmal betrat Irenes Hausfreund Leopold das Lokal. Zu diesem Menschen hat Mobbl einen außerordentlich guten Draht.

„Das ist die Schwester von unserem Iwan!" stellte sie mich in geradezu zärtlicher Munterkeit vor.

„Das ist kaum zu übersehen!" sagte der Leopold warm, „sehr hübsch!"

So zu zweit mit Mobbln dazusitzen war eigentlich sehr nett, auch wenn sich Mobbl zwiefach eine Bemerkung nicht verkneifen konnte: „Das Wänstesle trinkt gar keinen Rotwein mehr! Wahrscheinlich erinnert er ihn zu sehr an die Gerlind mit ihrer Sauferei!" und dann sprach sie noch darüber, daß die Oma Ella seinerzeit nicht glücklich über Buzens Eheschließung war, weil sie sich halt doch eine Neckermann gewünscht hätte...

Als wir das Lokal verließen, trafen wir Frau Binder, die bezaubernde Veterinärsgattin aus Siebenbürgen. Leider begrüßten wir sie heut nur mit einem langanhaltenden Politikerhändeschütteln und verzichteten aus Abnutzungsscheu auf die ewige Busselei, die in Österreich inflationäre Züge anzunehmen droht.

Währenddessen fuhren Ming und Linda in Opas Auto vor, das sie wieder funktionsfähig gemacht hatten. Wir erfuhren, daß es der Mutti von Frau Binder schlecht gehe: 91 Jahre ist sie nun, und liegt quasi gelähmt im Bett, weil sie sich bei einer ungeschickten Bewegung den Wirbel verknackst hat.

Bei einem jungen Menschen wäre dies eine Angelegenheit von ein, zwei Wochen; doch ob ein uralter Mensch so etwas auf Dauer überlebt?

Daheim lag der Opa noch immer im Bett.

„Aber dafür lebe ich doch noch!" sollte der Opa wenig später zurechtrückend sagen, „das ist doch wohl besser, als wenn ich mich allmorgendlich gewissenhaft mit dem ersten Hahnenschrei erhoben hätte, dafür aber mit 62 bereits verstorben wäre!" Dieser Meinung ist Mobbl jedoch nicht. Darüber hinaus aber elektrisierte sie der Gedanke, mit 61 Jahren bereits Witwe geworden zu sein, wie ihre Schwippschwägerin Irma. Mobbls weiteres Leben hätte sich *völlig anders* gestaltet.

Nun suchte der Opa an seiner einen Gebisshälfte herum, während das schöne Essen, das wir ihm vom Gasthaus mitgebracht hatten, zu erkalten drohte. Schließlich fand ich das Gebiss nach einiger Ratlosigkeit denn doch: Im Prinzip lag es an seinem Platz, bloß war ein uraltes, blind gewordenes Glas drüber gestülpt.

In schönstem Sonnenschein stürmte ich quer durch den Wald. Auch Ming war im Walde unterwegs, und zweimal küssten wir uns im Vorüberrennen liebevoll auf den Mund ohne anzuhalten.

Daheim war es dann allerdings weniger schön:

Opas Sparbuch ist bereits seit geraumer Zeit verschwunden. Wir suchten herum, Mobbl bruddelte, und es war so ärgerlich! Ming rumpelte die ganze Zeit in der Garage herum und das Lindalein wischte den Boden nass, als der Opa auf tütelige Weise nach seinem seit Ewigkeiten verschwundenen Sparbuch frug.

Der Opa war so süß, daß ich ihn sooo geliebt habe, und es mir grad deswegen so leid tat; aber gewiss nicht wegen dem Gelde.

Einen leichten Ehezwist - von Mobbln ausgehend - gab´s zum Abendessen auch. Der Opa war ein wenig verdrossen, weil die Mobbl ständig sagte: „Iss! Es wird kalt!" Zu Wachrüttelungszwecken deutete er auf Mobblns Brot und sagte hektisch: „Iss! Iss!" Da wurde Mobbl sehr sauer und schnaubte verhöhnend: „Die Ehe ist ein langes Gespräch!" (Pathetische Weltverbesserungsworte vom Opa)

Ich besuchte Ming und Linda, und die Linda hatte wieder ein so wunderschönes Abendessen mit Rettich-Scheibletten zubereitet. Man hatte Anne-Sophie Mutters Symphonie espagnole eingelegt.

Ich sprach darüber, daß ich es hasse, mich zu streiten.

Ob es wohl jemanden gäbe, mit dem ich gern mal streiten würde, wollte das Lindalein wissen.

„Ja, mit der Hilde!" sinnierte ich plötzlich zurückrudernd und malte uns schaudernd aus, was für ein anstrengendes und im Grunde unerfreuliches Leben auf Buz gewartet hätte, wenn er die Hilde geheiratet hätt. Er müsste kochen und spülen und später sogar Windeln wechseln, weil die Hilde peinlichst darauf bedacht wäre, daß keiner übervorteilt wird. Da bleibt unser Papa doch wohl lieber bei seinem Rehlein - und außerdem: Wenn ich dann die Ferien bei Buz und Hilde verbringen würde, dann würde es sich die Hilde auf Gerlind-Art sicherlich bereits am zweiten Tag verbeten, daß ich Buz so oft küsse.

"Zur Begrüßung und zum Abschied je ein Küßchen. Das reicht doch wohl völlig?!?"

"Ich küsse ihn so oft ich will, denn er gehört mir! Mein Papa ist mir das Liebste auf der ganzen Welt!" müsste ich sagen. Doch ich bin zu schüchtern dazu.

Ming trat aus dem Duschhäusl und frug: „Kann es sein, daß die Anne-Sophie manchmal vulgär spielt?"

Leider muß ich morgen schon wieder abreisen. Ming und Lindalein waren sehr traurig, und vermissten mich bereits jetzt.

Wein gehoben, wie einst zur Studentenzeit, wird in Ofenbach nicht mehr; also machten wir an Stelle einer Hebung eine Teebung. Der warme Tee tat gut, vermochte den drohenden Abschiedsschmerz und die drohende Kälte danach jedoch nur eine Teetassenlänge lang zu vertreiben.

Ich habe immer so große Mühe, mich aus Lindaleins Aura loszureißen. Grad wie beim Rehlein.

Im Zwischenstock war der Opa, der die Nacht gern zum Tage macht, putzmunter geworden, während sich Mobbl in ihre Schlafkammer retiriert hatte. Aus der Türritze schimmerte jedoch noch etwas Licht hervor.

Im warmen Schein der Nachttischlampe las Mobbl „die ganze Woche".

Zum Schluß hat mir der Opa noch gezeigt, daß er seinen Namen auf arabisch schreiben kann.

„Donnerwetter!" (sagte ich)

Freitag, 23. Oktober
Ofenbach - Nürnberg

Nicht ganz so schön wie gestern,
zumal es bereits leicht winterlich wirkte.
Und doch schien die Sonne
zärtlich und froh stimmend

Früh morgens:
Sogar der Opa in seiner rührenden Balletthose war bereits präsent.

Auf unserem Lebensweg hat sich mittlerweile ein kleines Muster gebildet:

Kurz nach sieben Uhr pflegen wir einen Herbstspaziergang zu absolvieren. Heute fühlte es sich jedoch anders an als sonst, da es sich um meinen Abreisetag handelte.

Der Opa hatte ganz vergessen, warum er wohl so früh aufgestanden war. Bloß eine Sache vergisst der Opa nie: Daß er nämlich noch auf die Bank gehen wollte, um mir das Reisegeld abzuheben. Bevor es allerdings dazu kam, schlich er sich ins Bett zurück, und wir drei jungen Leute begaben uns auf einen erfüllenden Spaziergang.

Die Waldschneise am anderen Ende der Kalgasse war mit reschem und raschelndem Herbstlaub gefüllt. Von dort aus führte unser Weg in einem großen Umwegsbogen auf jenen Hügel, worauf in einen kleinen Friedhof eingebettet die so malerische und somit weltberühmte Ofenbacher Kapelle steht.

Ming erzählte von Omas altem Urbett in Grebenstein. Ich sei die Einzige gewesen, die es toll gefunden habe. In Wirklichkeit war es meist eiskalt und wenn man dann drinnen lag, schaute man auf die Nierenlampen mit den unzähligen eingelagerten verstorbenen Insekten.

Dann sprachen wir von Lindas ägyptischem Papi Ric, der auf Pascha-Art nie einen Finger im Haushalt gekrümmt hat. Doch eines Tages machte er einen Wochenplan, worauf zu lesen stand, was die Kinder alles zu tun hätten. Inzwischen waren wir auf dem kleinen Hügelfriedhof angelang.

Wir schauten uns die Gräber an. Ich fand es so unfassbar, daß das Ilslein Opas Kusine dort begraben sein soll. Und während ich es noch unfassbar fand, fiel mir auf, daß ich noch kein einziges Mal um die Ilse getrauert habe. Grad so, als habe mein Körper im Angesicht der Unfassbarkeit, daß mein, in der Kindheit so heißgeliebtes, und später etwas geschnurrte und verwelkte Ilslein nicht mehr da sein soll, ein Trauerblockerhormon ausgeschüttet. Und dabei spüre ich es noch heute, wie sich Ilsleins apfelrote Wangen geküsst haben. Die Lippen landeten auf kühlem, windverblasenem und doch festem Untergrund.

Vor dem Rasingerschen Anwesen fuhr uns die Anna in einem schicken Auto entgegen, und für einen kurzen Moment hatte ich gemeint, es sei Doris Schröder-Köpf, die dort überraschenderweise im Auto vorbeifährt.

Daheim mußte schon bald ans Einkaufen gedacht werden. Ich erzählte Mobbln, daß Kanzler Schröder nur auf ganz dünne Frauen abfährt. Übergewicht auf einem Frauenkorpus sei ihm ein Gräuel: Seine vier Frauen wögen zusammen nur so viel, wie *eine* dicke Frau: Nämlich 160 Kilo.

Im Ashram frühstückten wir die schönen warmen braunen Weckerln, die wir mitgebracht hatten und nun mit Lindas zuckerfreier Marmelade bestrichen.

„Mobbl, packst duuu für mich?" sagte ich einfach, um meine Grenzen auszutaxieren. Und die süßeste Mobbl hätte es schon beinah gemacht, indem sie sich bereits diensteifrig erhob - aber es war ja nur ein Späßle von mir.

„Ha, früher hab ich den Kindern immer den Koffer gepackt!" erzählte Mobbl.

Ich fühlte mich so geliebt.

Zuerst mußte ich mir aber noch im Turbotempo die Haare waschen, da ich Ming und Linda je 150 € versprochen habe, falls dies mehr als fünf Minuten dauern sollte. Ich überlegte, wie schön es für Ming und Linda wäre, einen Biobauernhof mit Tieren zu eröffnen. Ein Traum, den sich Herr Reimer in jungen Jahren erfüllt hat.

Dann lief ich wieder hinab zu den Großeltern. Mobbl hat den Opa extra geweckt, damit er mich noch ein bißchen genießen solle, und da ich's bin, ist der Opa davon nicht grämlich geworden.

Ich erzählte von Rehleins Dalton-Syndrom, das sich hier in Ofenbach zur vollen Blüte entfaltet, auch wenn Mobbl ihr noch so oft sagt: „Du brauchst doch hier nicht zu arbeiten!"

Doch Rehlein *sieht* einfach was gemacht werden soll. Wieder versuchte ich anhand eines Beispiels zu schildern, was man sich unter dem Dalton-Syndrom vorzustellen habe, und der Opa ist davon so vergnügt geworden, daß er die Geschichte sogar niedergeschrieben hat, so wie einst meine Petrus & Gott-Geschichten. Ich erzählte, wie der Dalton dritter oder vierter Ehemann einer ehemaligen Schülerin Buzens in Australien mal wegfahren wollte: Als er seinen Autoschlüssel suchte, sah er, daß die Pflanzen dringend gewässert werden müssten, und als er dann das Wasser in die Gießkanne füllen wollte, sah er, daß der Wasserhahn tröpfelte und dringend repariert werden müsste. Also nichts wie in den Keller, um eine Zange zu suchen. Auf der Kellertreppe sah er die vielen Spinnweben, die dringend hinweggesaugt werden müssten, und außerdem flackerte die Kellerfunzel nur kurz und gab ihren Geist auf, bevor der Dalton damit loslegen konnte, den Staubsauger zu suchen, der hinzu dringend eines neuen Staubsacks bedurfte...

Doch mitten in diese spannende Geschichte hinein galt´s, sich zu sputen. Der Abschied von den Senioren war so warm! Doch aus Versehen küsste ich Mobbl auf ihr Brillenglas, das fortan von einem Lippenabdruck verunziert war. Opa und Mobbl kamen mit vor´s Tor und wunken ganz lang, und ich liebte die beiden unglaublich, während wir durch die Sonne recht knapp in der Zeit Richtung Bahnhof fuhren.

Als wir uns nach der Frohsdorfer Brücke in eine Kurve einfädelten, erzählte ich von Gerhard Schröder, und was für ein schlechter Charakterzug sich hinter seinem freundlichen Gesicht verberge: Sich nie mehr bei den Stieftöchtern Franka und Wiebke zu melden! Und dabei existiert doch ein liebenswertes Kussfoto. Daß Buz, sollte er die Hilde geheiratet haben, sich nie mehr beim Lindalein meldet, kann man sich nicht vorstellen. Ich geriet über unser so rührendes Familienoberhaupt ins Schwärmen und erzählte, daß Rehlein erzählt hat, wie Buz uns Kinder nach nur drei Tagen so schrecklich vermisst hat, als wir im Jahre 1987 nach Amerika gereist waren. Er rief gleich in Amerika an, obwohl das damals doch so teuer war. Dann schwärmte ich, welch ungeahnte Talente in Buzen schlummern: Beispielsweise zum kochen. Die Suppe, die er auf Rehleins Zurufe hin mal zusammengerührt hat, sei so köstlich gewesen, wie von Zwerg Nase zubereitet.

Talentierte Köche nehmen die einfachsten Zutaten und es mundet köstlich, und andere können nehmen, was sie wollen und es taugt nüscht... Einmal ins Beispielsuchen geraten, fand ich gleich noch ein anderes Beispiel - diesmal aus der Welt der Literatur: Mark Twain sagt: „Findest Du ein Adjektiv, so töte es!" Wahrscheinlich eine kleine Witzelei in geselliger Herrenrunde - doch die Worte haben überlebt und sich in den Köpfen der Germanisten, Kritiker und Literaturlehrer fest etabliert. Die traurige Wahrheit jedoch sieht so aus: Ein talentierter Dichter darf so viele Adjektive verwenden wie er will, und es klingt immer begabt. Ein untalentierter Dichter kann so viele Adjektive weglassen wie er will - und es klingt immer unbegabt. Dies sei eines der unergründlichen Dramen des Lebens.

Dann erfuhr ich, daß Buz bei seinem letzten Besuch in Ofenbach sogar den Rasen gemäht habe. Rehlein wollte ihm diese gänzlich ungewohnte, anstrengende Arbeit eigentlich gar nicht zumuten, aber Buz habe dem Sinne nach kühn ausgerufen: „Papperlapapp! Das schaff ich doch mit links!" Allerdings mähte er bar jeglichen Systems herum, so daß sich ein seltsames Zickzackmuster auf dem Rasen ergab.

Nun war's aber wirklich knapp auf den Zug. In fliegender Hast kaufte ich eine Fahrkarte, während Ming noch einen Parkplatz suchte, und die Linda mit Koffer und Geige vorauseilte.

Schließlich erhaschte ich den Zug aber doch. Er stand auf Gleis 4 und schien auf die Art eines gemütlichen Dickhäuters nur auf mich zu warten. Gerührt bedeckte ich Lindas liebes Gesicht mit unzähligen Küßchen, und währenddessen schälte sich - zunächst pünktchenklein - auch der flinke Ming aus der Menschentraube, die sich behäbig durchs Treppenhaus auf den Bahnsteig zuwälzte, und flog uns entgegen. Der Gedanke, ihn heut nicht mehr zu sehen, hatte mich bereits sehr gezwickt. Umso fröher war ich nun! Beinah wäre bei meinem ungezügelten Herumgeküsse Mings Zwicker vom Nasenrücken auf die Gleise gehupft.

Leider war der EuroCity nach Nürnberg deprimierend voll. Neben zwei Herren aus dem Orient saß in meinem Abteil ein österreichischer Beau mit dichter schwarzer Frisur, auf den ein überdrehtes rothaariges Fräulein zirka zwei Stunden lang (bis nach Wels) ohne Punkt und Komma einquasselte. Zum Schluß sagte es mehrfach und in großer Herzlichkeit: „ALLES Liebe!" und als es dann weg war, hätte ich so gerne gesagt: „Joi, joi, joi - war das aber eine Quasselstrippe!"

Ich naschte die vielen selbstgedörrten Apfelringe, die mir das Lindalein zum Abschied geschenkt hatte. Dann packte ich meine Briefschreibemappe aus, um das Abo an das Lindalein in Angriff zu nehmen. Ich zeichnete ihr die beiden Herren mit Maulkorbbart in meinem Abteil.

Mein Gepäck zwängte ich in ein Schließfach im Nürnberger Hauptbahnhof. Eine alternativ aussehende Dame bat mich um eine Mandarine. Nett schenkte ich ihr eine.

Heute habe ich auf dem Bahnhof schon wieder jenen seltsamen Herrn mit dem weißen Maulkorbbart gesehen, den ich im Verdacht habe, hinter mir her zu schauen. Er stand ganz einfach nur so rum und schien gar nichts vorzuhaben. Das heißt, er tat so, als warte er auf jemanden, und dieser Jemand war offenbar ich.

Dieser Herr hatte mich im Juni 1992 schon mal angebaggert, doch inzwischen sind sechs Jahre um; er ist älter geworden, ich auch.

Er wandte sich mir zu, um sorgsam zurechtgelegte Worte anzubringen, doch plötzlich waren sie ihm alle entfallen. Beschämt wandte er sich ab.

So wie einst der Opa in seinem Traum *auf dem Bahnhof St. Lazare in Paris. Er hatte sich als Übersetzer angeboten, doch dann bekam er eine Übersetzungssperre. Es funktionierte nicht mehr. Beschämt wandte er sich ab.*

Heute fuhr ich ausnahmsweise nicht mit der Straßenbahn, sondern lief, und die Veronika, die mir entgegenstrebte, kam soeben vom Burgbuckel herab.

Wir kehrten in einem evangelischen Lokal ein. Dort sitzt man recht nett im warmen Schein einer frisch angezündeten Kerze beisammen und blickt durch eine Glaswand auf herumstehende und plaudernde Menschen, die eine Konzertpausenatmosphäre verströmen.

Ich aß eine Art Döner Kebap mit spanischem, luftgetrocknetem Schinken.

Die Veronika erzählte von Herrn Herbergers Kaffeefahrt, wo jeder Mitkömmling zweihundert Mark geschenkt bekommen sollte. Dies jedoch nur im Zusammenhang mit einem Einkaufswert von 1500 Mark, wie sich später herausstellte. Leider so klein gedruckt, daß es die Senioren nicht mehr lesen konnten - und doch juristisch unanfechtbar.

Samstag, 24. Oktober
Nürnberg - Hennef (NRW)

Quellbewölkt (bräunlich grau),
mit einer Tendenz zu uferlosem Geniesel

Ich erhob mich früh, da die Veronika ja bereits um zehn Uhr auf ihrem Stuhl im Orchestergraben sitzen mußte. Den Bogen stramm Gewehr bei Fuß im Anschlag. Schon vom Bad aus konnte man hören, daß es draußen windete und regnete.

Ich stahl mich aus dem Haus, um Brötchen zu holen.

In gewisser Weise sah es draußen so schön aus: Nämlich wie im Berlin der zwanziger Jahre. In bräunlichem Nieselwetter wurden Kaskaden an Herbstblättern umeinandergeblasen.

Am Tresen der Bäckerei stand ein Herr, der wie Herr Ahrends ausschaute, so daß er meinen verblüfften Blick ansog. Später, als ich Veronikas Tür aufschloss, lief der gleiche Herr wieder an mir vorbei und ließ sich auf die, von der Veronika so beklagte, typisch fränkische Art nicht einmal zu einem kleinen Augenwinkern herab, das hätte besagen können, daß wir uns in diesem irdischen Leben schon mal begegnet sind - auch wenn es dort vielleicht das vorletzte Mal war. **Nachtrag 2024: In der Tat habe ich diesen Herrn nie wiedergesehen.**

Freudig und in Behagen gehüllt ließen wir uns am Frühstückstisch nieder. Die Veronika hatte extra Salabim gekauft, einen biologisch vollwertigen Schokobrotaufstrich für Kleinkinder weil sie der Meinung war, dies sei wohl das Richtige für einen Menschen wie mich, der mit einem Bein in seiner Kinderstube hängengeblieben war.

Ausgangsmodulierend über den Witz „Erst ist er mir auf den Fuß getreten, und dann hat er mich auch noch einen „Pardon" geschimpft" sprachen wir über Veronikas Schwager Alfonse, der ähnelnd Oma Mobbl die Neigung hat, Witze zu verschlimmbessern, und warteten je mit ein paar Beispielen auf.

Dann sprachen wir über die Oma Ella und meinen armen kleinen Papa, und wie das wohl wäre, wenn seine Mutti eines Tages stirbt und von der Ferne nicht mehr auf ihn aufpassen kann. Wo er doch schon keinen Vater mehr hat! Als Vollwaise wäre Buz Rehlein und uns Kindern auf Gedeih und Verderb ausgeliefert, da er sich um seine drei Geschwister nie gescheit gekümmert hat.

Wir hörten uns die h-moll Partita von Bach mit Artur Grumiaux an, und den dritten Satz spielte der bedeutende belgische Geiger mit einem schönen knackigen Martelé, das auch Buz gefallen könnte. Jeder Ton mit einer gebrannten Mandel oben drauf - knusprig und köstlich für das Ohr eines naschhaft veranlagten Geigenspezialisten wie Buz.

„Ich glaube, diese Strichart kann ich gar nicht!" sagte ich locker - aber ich kann sie glaub ich doch - bloß pflege ich sie nicht anzuwenden, weil ich bislang gar nicht auf die Idee gekommen bin.

Gemeinsam liefen wir zum Opernhaus.

Die Wolkendecke rupfte an einigen Stellein ein, und es bildeten sich blaue Oasen am Himmel, wenn auch leider nur wässrig blau, wie vielleicht die Augen im Gesicht eines gelangweilten, müden Menschen. Als wir über den Marktplatz liefen, keimte die Idee in mir auf, daß man über die Veronika doch auch einmal eine ARD-Exlusiv-Reportage bringen könnte, wie dereinst über jenen Herrn, der nach Rußland reiste, um sich eine passende Frau zu suchen. Von diesem Herrn berichtete ich der Veronika nun breitpalettierend*. (*Ich weiß nicht, ob es dieses Wort überhaupt gibt. Klingen tut es jedenfalls gut, und verstehen tut man es auch. Außerdem lädt es zum Interpretieren ein) Gutmütig wie Rehlein hört sich die Veronika meine Geschichten an und merkt sich auch alles. Ungewöhnlich an meinen Erzählungen ist, daß sie so realistisch und wertungsfrei klingen. Etwas, das Mobbl und Rehlein leider nie gelernt haben.

Ich erzählte der Veronika noch, daß das Nacktschneckengebaren aus jenen Zeiten, als die Gerlind noch Teil unserer Familie war, weitestgehend verschwunden sei. Die Gerlind als sinnesvernebelter Teenie brachte das nervtötende Element „Wir zwei gegen den Rest der Welt" in unser Familiengefüge. Natürlich küssen Ming und Linda sich auch gelegentlich. Dies fällt jedoch nicht so auf, da in unserer Familie doch ohnehin andauernd geküsst wird. Ich küsse Ming und meine Eltern je mindestens zwanzigmal am Tag, verriet ich, da ich ein äußerst kusserig veranlagter Mensch bin. Nicht selten küsse ich nach Art Buzens ganze Melodien ins Gesicht meiner Lieben.

Anders die Veronika mit ihrer mageren Kußration von vier Küssen pro Jahr.

Ferner sprachen wir über siamesische Zwillinge, und daß es im Grunde nur eine Frage der Gewohnheit sei. Wenn beispielsweise auf der Straße ausschließlich Gestalten mit zwei Köpfen, die lebhaft miteinander diskutieren, vorbeilaufen würden, dann würde sich die Veronika mit ihrem vereinzelten Kopf wohl verlegen und einsam fühlen.

Auf dem Hauptbahnhof:

Bevor um 10.32 mein Zug Richtung Bonn losrollen sollte, saß ich auf einer Drahtbank und schrieb ins Tagebuch. Neben mir saß eine lebensgegerbte, bleiche Pennerin ganz einfach nur so da, und hätte theoretisch die ganze Zeit mitlesen können, was ich da so schreibe.

Dann ergatterte ich ein Einzelabteil im IC Gambrinus. Ein hochgewachsener Kontrollator mit rostbraunem Maulkorbsbartgebilde machte mich auf das Preisausschreiben aufmerksam, bei dem sich gar eine Bahncard-First gewinnen ließe. Man mußte nur den Namen des nettesten Reisebegleiters aufschreiben.

„Darf ich *Sie* aufschreiben?" frug ich nett, „ich kenne leider keinen Anderen!" Dabei gibt es wahrscheinlich Nettere, aber Herr Frey schien mit nicht ungut, und so schrieb ich eben „Herr Frey" in das Kästle hinein.

Herr Frey wirkt eher wie ein junger Pfarrer: Etwas staksig im Umgang mit Damen und außerdem zeigt er noch keine ausgeprägte Persönlichkeit.

In Bonn setzte ich mich zunächst ins „Coffeehouse" (sic!), und kaum hatte ich mir einen dampfenden Tee bestellt, ist auch schon die schwangerschaftsverformte Miriam gekommen. Ich erfuhr, daß der Sohn von Hinnerk und Miriam ein Junge wird und vielleicht „Marius" heißen soll.

Gemeinsam fuhren wir in die Mendelssohnstraße. Der Hinnerk arbeitete auf der Leiter stehend, als bereits zum Kaffee im Wintergarten getrommelt wurde. Eigentlich war's, wie immer, sehr nett, doch mein Blick fiel auf die verlassene Straße, die im Herbstregen sehr einsam dalag, und plötzlich machte ich mir schreckliche Sorgen um Rehlein und Buz, die im Auto unterwegs waren. Ich lenkte die Rede drauf, wie der Opa mit 17 Jahren einfach spurlos verschwand: Er radelte los und hatte eigentlich vor, bald wieder nach Hause zurückzukehren. Von seiner Mutter hatte er sich auf lose Weise verabschiedet: „Bis dann!"

so daß die Esslinger-Oma natürlich davon ausging, er wäre zum Abendessen wieder daheim und demgemäß wie immer für ihn mitgedeckt hat. Doch der Opa fuhr und fuhr, und irgendwann war es zu spät, um noch zurückzuradeln. Er radelte, bis man das Meer glitzern sah...

Dann sind Buz und Rehlein gottlob doch gekommen, und wir brachen zur Hochzeit von Opas Nichte Ute auf.

Die Feier fand im rustikalen Hotel „Kamin" statt.

Bei der Verwandtschaft hat sich, abgesehen davon, daß Opas jüngster Bruder, der Onkel Helmut, seit nunmehr drei Jahren auf dem Gottesacker ruht, alles sehr positiv entwickelt. Besonders Helmuts Tochter, die quirlige Nikola, gefiel mir, da sie mich so an die nette schwäbische Konzertmeisterin Kathrin Rabus im NDR erinnerte. Auch ihre Schwester, die Braut Ute mit ihrem schmalen Kopf und der frechen Burschenfrisur, finde sich so unglaublich nett. Es handelt sich bei ihr um Rehleins Lieblingskusine. (Rehlein hat immerhin sieben Kusinen)
Ferner lernte ich die beiden Söhne vom Onkel Helmut kennen: Uli und Thomas. Der Uli, immer auf der Suche nach höheren Weisheiten, ließ sich zum Wanderprediger ausbilden, und der Thomas wiederum schaut aus wie ein verwaschener Sohn der Eheleute Girardot: John-Lennon Brille, langes seidiges Haar, aus dem ein an der Spitze mit einem Reifen verziertes Ohr ragt. Er raucht Tabak und hat

eine häßliche Freundin aus dem Iran mit großen dunklen Kuhaugen.

Ab und zu quietschten zwei Kleinkinder auf lästige Weise, und am schlimmsten war ein gemieteter Musikant, der auf dem elektronischen Akkordeon herumquetschte, rheinisch banale Rumslieder sang, und kein Ende zu nehmen drohte. Onkel Helmuts Wittib, der knapp 71-jährigen Tante Ruth - einer feingeistigen Dame - ging es entsetzlich auf die Nerven.

„Ha, dös hält ma ja auf Dauer net aus!" sagte sie mindestens zwiefach grämlich.

Die 42-jährige Ute hatte sogar die Esslinger Oma (Opas Mutti) noch erlebt; und ich pflege zuweilen zu Rehlein zu sagen: „Wenn die Esslinger-Oma tatsächlich so war wie du, dann hat die Welt wirklich etwas verloren!" Sie starb - 77-jährig - zwei Jahre vor meiner Geburt, so daß ich sie ganz knapp verpasst habe. Eines sei gewiss: Die Esslinger Oma hätte sich wahnsinnig über mich gefreut!

Ich setzte mich neben die Ute, um alles verfügbare Wissen über die Esslinger Oma in mich aufzusaugen. Es hieß, die Oma war sooooo lieb! Lebhaft, lustig, immer gerührt, immer begeistert! Immer auf dem Sprung ihre Lieben zu verwöhnen. Schon als Dreijährige hat sich die Ute darüber amüsiert, daß die Oma nicht mal gescheite Klappse auf den Po verabreichen konnte. Omas Klappse taten kein bißchen weh und hatten auch keinerlei pädagogischen Nutzen; die Kinder tanzten ihr hernach unverdrossen weiter auf der Nase herum.

Die Nikola ist jünger als ich, hat aber bereits vier Söhne. Der eine von denen (9 Jahre alt) ist in rosigen Speck eingearbeitet und zwinkert etwas nervös mit den Augen.

Einmal wurde ein amüsierliches Spiel gespielt: Man musste so nach und nach ein in Zeitungspapier verpacktes Geschenk auspacken. Unter jeder Schicht fand sich ein köstlicher kleiner Reim, an wen man das Päckchen wohl weiterreichen solle. Ich war die Dame mit dem schönsten Kleid, und Buz wiederum der Mann mit der längsten Nase. Buz fand die Nase vom Thomas mit den schmückenden eierförmigen Brillengläsern jedoch noch länger, und wieder lachte man blökend und verbindend.

Die beiden ältesten Söhne von der Nikola, 16 und zwölf Jahre alt, schmeichelten Oma Ruth: „Oma, du siehst aus wie 16!" sagten sie.

Musiziert habe ich auch: zwei Sätze aus den Bach-Sonaten.

Sonntag, 25. Oktober
Hennef - Aurich

Neigung zu jäh aufbrausendem wilden Regen.
Man fühlt sich, selbst als Beobachter durchs Fenster,
wie jemand,
dem kalte und klatschnasse Tücher
ins Gesicht gewatscht werden.
Dann aber auch wieder
mattblaue Oasen am Himmel

Ich nächtigte auf einem leicht einzwängenden Sofa bei den Eltern vom frischgebackenen Ehemann Walter.
Nachdem ich mich am Morgen aus der Schwere der dunklen Nacht in einen trüben Tag hinausgeschält hatte, entdeckte ich im Spiegel die ersten weißen Haare auf meinem Haupt und wurde sehr unglücklich dabei. Ich weiß nicht, ob ich mit einem graumelierten Haupt überhaupt weiterleben mag, dachte ich unfroh. Noch lassen sie sich auszupfen und vergessen, doch wie lange noch?
In der engen kleinen Küche warteten wir auf den Abholdienst zum Hotel Kamin. Neben mir saß mein Großvetter Ulrich, 43 Jahre alt. Ein engagierter Pfarrer mit seiner patenten, sehr sympathischen, junggebliebenen Frau und den süßen kleinen Töchtern Dorothea und Desirée. Der Bräutigamvater, ein quadratköpfiger Herr mit spärlichen, korrekt rasierten weißen Haarresten, unterhielt uns auf melodischem rheinisch. An der Wand hingen

goldgestickte langbeinige Vögel auf schwarzem Untergrund, und die reliefartig herausgearbeiteten betenden Hände von Dürer - ebenfalls in Gold.

Nach einer Weile wurden wir vom Bräutigam Walter abgeholt.

Im Frühstücksalon des Hotel Kamins warteten ein paar Freuden auf uns: Unser Onkel Andi wurde als Gast erwartet und kam auch recht bald. Leider schaute er eingefallen und blass aus, wie Rehlein gleich besorgt konstatierte. Meine Großkusinen Ute und Nikola lachten so bezaubernd darüber, daß ich von alleine wohl nicht Geigerin von Beruf geworden wäre. Mein Traumberuf sei Eheberaterin. Die solle man in Anspruch nehmen, solange man sich noch liebt. Die Ute steht ja nun ganz am Anfang eines neuen, noch ungewissen Glücks, das ihr zumindest zur Stund noch so quasi untrübbar scheint.

Nachtrag 2024:
Ute heute: „Unsere Ehe ist wie ein guter Wein. Sie wird immer besser!"

Später besuchte der engste Familienkreis, dem auch wir zuzurechnen sind, die kleine Wohnung in einem adretten Mietshaus, in die das junge Glück nun einzuziehen gedenkt, um mit dem „langen Gespräch" das die Ehe, laut Opa, sein soll, loszulegen.

Der kleine Michael, das Söhnchen vom Thomas und seiner leicht kuhäugigen iranischen Freundin, war so süß. Onkel Helmuts Enkelchen vergnügte sich an dem für Erwachsene eher albernen Spaß, ein

Bällchen andauernd in ein Kinderbettchen hineinhüpfen zu lassen, von wo aus es Richtung Decke hopste. Jedesmal lachte er laut und vergnügt, als sei´s das erste Mal!

Über Bräutigam Walter erfuhren wir jedoch Schockierendes: Daß er sich vor einigen Jahren bei einem Motorradunfall eine höchst dramatische Kopfverletzung zugezogen hat, und somit bei diesem vergnüglichen Hochzeitsgeschehen beinahe nicht dabei gewesen wäre. Im Album mit den Hochzeitsphotos - nicht so prunkvoll wie bei Franz und Silvia - eher schlicht, blätterten wir auch herum, und auf einem Foto hatte der gefühlvolle Walter gar Tränen in den Augen. An der Wand hängt ein kleines eingerahmtes Rezept für ein glückliches Eheleben.

Der kleine Joshua, der lange, fußverdeckende Beinkleider trägt, so daß seine „Stampferln" wie Elefantenhaxerln ausschauen, trug ein Gedicht vor, und lief vor Lampenfieber heiß und rosa an. Seine Ohren begannen zu glühen. Angst, er könne sich verhaspeln, in der Aufregung vielleicht eine Zeile überspringen und eine Watschen kassieren, malte sich auf das füllige Bubengesicht. Aber die Erwachsenen waren allesamt gerührt, wie schön und gefühlvoll er es vortrug.

Hernach saßen wir so nett beieinander und erzählten uns unglaubliche Geschichten. Rehlein wollte wissen, was Buz so denkt.

„Was denkst du so, mein Schätzlein?" sagte sie einfühlsam. Etwas, was man aber leider nie erfahren wird.

Buz pflegt auf diese Frage zu antworten: „Daß du mein Schätzlein bist!"

Was wohl alles ans Tageslicht käme, wenn Rehlein drei Wünsche frei hätte, und als erstes wünscht: „Einen Ehemann, der prinzipiell immer und ausnahmslos nur die Wahrheit sagt!"

Dann überbot man sich an Unglaublichem: Buz berichtete vom zweiten Geiger in seinem Sreichquartett: Ivo H., der eines Tages auf dem Flohmarkt eine fantastische Geige fand. Und dann fand er dort eines anderen Tages auch noch einen fantastischen Bogen - je zum Schleuderpreis!

Tante Ruth konnte ebenfalls etwas Unglaubliches beisteuern: Wie sie mal auf dem Bahnsteig von einem unguten Gefühl beschlichen wurde und nicht in den bereitstehenden Zug stieg. Wenig später hieß es, der Zug sei schwerst verunglückt, und es habe zahlreiche Tote zu beklagen gegeben!

Kuchen gab´s im Nebenzimmer auch. Ich hatte erfahren, daß die Tante Ruth mit ihren knapp 71 Jahren noch immer so tolle Zähne hat - lediglich zwei winzig kleine Plömbchen weit hinten....

Die Verabschiedungs war so herzlich.. Schon sind wir mit allen per dicker Umarmung, und die vollbusige Nikola, über die Rehlein später im Auto sagte, sie sei zu dick, fühlte sich dementsprechend schön an.

Wir fuhren Richtung Aurich, doch in einem rheinländischen Wald ganz in der Nähe, machten wir noch einen erfüllenden Herbstspaziergang. Hohe Bäume ragten in novemberlichen Nebel. Die Spitzen wurden vom Nebel verschlungen und die Wege waren mit aufgeweichtem Herbstlaub bedeckt.

Dann fuhren wir weiter. Mal gabs auf der Autobahn zähflüssigen Verkehr, dann wiederum ging´s. Ergriffen lauschten wir der Unvollendenden von Schubert, dirigiert von Kurt Masur, und auch wenn ein Kritiker vielleicht versucht sei mag, im Geiste vorzuformulieren: „Die Unvollendete, vollendet dargeboten", war Buz als feinkultürlicher Mensch nicht sonderlich begeistert von dieser in seinen Ohren wenig passenden Interpretaion: „Ich glaube kaum, daß der Wiener Geist in der DDR Wurzeln schlagen würde!" mag er dem Sinne nach gedacht haben.

Wir fuhren zum Onkel Hambum, wo am Rundtisch in der so warm beleuchteten Stube soeben ein köstliches Abendmahl aufgetragen wurde.

Meine Kusine, das 15-jährige Suschen zeigte sich sowohl bei der Begrüßung als auch später beim Abschied überraschend anschmiegsam.

Am Tischesrund begrüßte man Hartmuts Schwiemu und ein Ehepaar. Eine Dame mit Schnittlauchbärtchen und einem entzückenden Lächeln. Die Schwiemu hat sich jedoch bald erhoben, weil ihre Hüfte so schmerzte.

Auf den Zügen des wie gezeichnet ausschauenden Herrn fand sich ein feiner, leiser Humor. Er gefiel mir sehr, auch wenn es heißt, er habe einen leichten Rechtsdrall.

Serviert wurde Rinderfilet, Rosenkohl und Kohlrabi. Hm, dies schmeckte!

Buz berichtete, wie er vor zwei Tagen bei der Einweihung der Merzedes S-Klasse gespielt habe. „Ein Erlebnis!" schwärmte Buz begeistert. In den unerhört bequemen Ledersitz hineingeschmiegt, kann man sich auf vielfache Weise massieren lassen. „Auf Wunsch gar im Sado-Maso Stil!" rief ich backfischartig dazwischen, „mit Nägeln, die einem den Rücken blutig kratzen!"

Man hat den Rechtsdrall des Herrn ein bißchen zu spüren bekommen, indem er ein paar Judenwitze riss.

Dann fuhren wir heim.

Manchmal prasselte starker Regen auf unser Auto nieder, und einmal gab´s gar einen Regentsunami direkt vor unserer Windschutzscheibe. Rehlein erschrak ungeheuerlich. Wir fuhren an jener Stelle vorbei, wo ich im Sommer meine 24stündige Radreise absolviert habe. Aus dem Radio tönte Brahms´ B-Dur Konzert mit Maurizio Pollini, und ich bat Rehlein, sich vorzustellen, das meine Radtour so aufwühlend gewesen sei, wie die schöne Musik es ist.

Draußen war´s eiskalt und ungemütlich regnerisch geworden, so daß man dem Auto nur höchst ungern entstieg. Nur durch die Erinnerung an die lange Radtour hatte ich Muskelkater im Bein bekommen.

Als ich endlich ermattet von einem bis zum Bersten befüllten Tag ins Bett stieg, hagelte es unglaublich hart an die Fensterscheiben.

„Hoffentlich haben wir eine Sturm und Wasserversicherung!" dachte ich noch unfroh, bevor ich im Bett Vergessen suchte.

Montag, 26. Oktober

Am Vormittag feuchte,
schwere, grünliche Wolkenmassen.
Gelegentlich kurze Sonneneinstrahlungen
auf verheultem Untergrund.
Ansonsten reizvolle Trübnis

Nun müssen wir uns auf die friesische Kneippatmosphäre einstellen, die womöglich bis in den April anhält. Der Leser muß es sich in Etwa so vorstellen: Man tritt hinaus ans Meer, und unter deprimierend kaltem eisblauem Himmel und einem Sonnenschein, der nicht wärmen möchte, sieht man die Spitzen von Eisbergen im Wasser glitzern. In gemilderter Form leicht an das Leben in Sapporo erinnernd.

Auf mich warteten einige Aufgaben:

Das Mozart-Quintett zu proben, den Heiko anzurufen, um darauf hinzuweisen, daß er eine falsche CD in Druck gibt - nachher haben wir 2000 CD's mit einem nicht zusammengefügten Schnitt, weil bei uns Königs halt immer etwas schief geht.

Die Rille des Schiefgehens ist so ausgeprägt, daß die Nadel des tickenden Lebens immer wieder hineinhupft.

Ein besonderes Ärgernis für Mutter und Tochter ist, daß Buz beständig nervtötenden Fingeraufklappübungen absolviert. Rehlein meinte gar, wenn sie so was höre, so wird sie gelegentlich vom Gefühl beweht, er sei schwachsinnig. Wenn man Buzen beispielsweise eine Frage stell - zum Beispiel, wo Rehleins schwarze Samthose sei - dann sagt er „Biddö" (ohne Fragezeichen am Ende), und während man ihm die Frage geduldig repetiert, macht er wieder Fingeraufklappübungen und hört gar nicht hin!

Wenn ich morgens aufwache, dann gehts bei uns gleich so zu, als habe man ein kleines Töchterlein: Ich quassel Rehlein praktisch ohne Punkt und Komma voll.

Im Spiegel spiegelte ich mich mit meinem schön gebügelten weißen Negligée in Bioweiß, und rief erfreut: „Ich sehe ja aus, wie eine Halbgöttin in weiß!" weil ich gleich einen furchtsamen Patienten im Zahnarztstuhl assoziierte. Wenn die Zahnärztin mit dem Bohrer kommt, um Angst und Schrecken zu verbreiten, so bin es ich.

„Du siehst aus wie die Kika mit einem geliehenen Nachtgewand!" sagte Rehlein gutmütig.

Leider lag Buzens derzeitige Lebenskrise - ähnelnd einem Frostfilm auf Gras in der Sonne - über unserem Frühstückstisch. Bis zur letzten Sekunde, als man ihn bereits mehrfach hatte herbeirufen müssen, absolvierte Buz seine Fingeraufklapp-übungen, und nun knetete er mit einem Ausdruck des Bedenkens im Gesicht an seinen Fingern herum.

Es kommt so viel zusammen in Buzens bis vor kurzem doch noch so sorglosen Burschenleben: Der Kummer über die Oma, der Ärger über die Hilde, und nun wollen auch die Finger nicht mehr so wie Buz will! Außerdem wurde er ein wenig von seinem Heldensyndrom gepeinigt, weil doch heut die erste Probe mit Jan Moisdom und Inka Eulers mit Mozarts Klarinetten-Quintett stattfinden sollte.

Kurz vor elf sah ich von meinem Zimmer aus den braven niederländischen Klarinettisten Jan M. auf unser Anwesen zutreten. Doch auch wenn er ein ganz rührender Mensch ist, so habe ich leider nicht den rechten Draht zu ihm. Im Grunde könnte er ein Bruder Buzens sein: Eine niederländische Variante von unserem Onkel Eberhard, den ich sehr liebe.

Ich fühlte mich kurzzeitig ein wenig als Ver-walterin von Rehleins Erfahrungsgut, riss mich zusammen und bat in einer vor Verlegenheit leicht gestelzter Stimme drum, die Schuhe abzustreifen und in die bereitgestellten Pantoffeln zu steigen. Buz hat´s dem Gast dann allerdings doch erlaubt, die Schuhe anzubehalten, um ihn nicht gleich zu Beginn in unschöne Verlegenheit zu stürzen, falls er viel-leicht leicht müffelnde Schweißfüße in den Schuhen unter Verschluß zu halten gedachte. Böse Zungen könnten jetzt natürlich denken, daß es Buzen wichtiger sei, was Andere denken, als daß seine Frau nicht putzen muß.

Bald darauf setzten wir uns zur Probe nieder.

„Die sieht ja aus wie die Viktoria (von Schweden)!" dachte ich spontan über die mir bislang unbekannte Cellistin. Noch bevor der erste Ton erklang, einigte man sich, wie in Musiker- und Knastkreisen üblich, kumpelig aufs „Du". Dann mußte gestimmt werden, und bald darauf gab´s Diskussionen über Diskrepanzen zwischen fp und sf, die in den diversen Ausgaben ganz verschieden dastehen.

Einmal sagte Jan M. humorig über sein beständiges Klarinettenputzen: „Ich sehe aus wie eine Putzfrau!"

Rehlein sah so schön aus, fand ich. Einmal frug Rehlein so nett: „Braucht jemand eine kleine Pause? Ich kenne meine Tochter!" fügte Rehlein siegesgewiss hintan, und dabei brauchte ich doch gar keine Pause. Ich hegte eher die Hoffnung, daß die Probe bald um sei, denn ich wollte doch noch so viel erledigen: Zum Beispiel das Büro vom Heiko aufzusuchen und mich ins Caféhaus setzen. Die Wetterlage draußen gefiel mir trotz der herbstlichen Regentrübnis so gut, und ich freute mich des Nordens.

Zur Mittagsstund hat Rehlein wie alle Tage köstlich gekocht: Es gab reisförmige Nudeln und eine rote Zucchini-Soße. „Die sehen aus wie gebügelte Blutegel!" rief ich nach Art eine höhern Tochter aus.

Ich überlegte mir, wie ich es wohl anstellen könne, daß die Inka, die neben mir Platz genommen hatte, auf meiner Freundschaftsliste, die ich am 30. eines jeden Monats ins Tagebuch schreibe, aufscheinen könne.

Die Mahlzeit fiel für mich recht kurz aus: Ich mußte dichten, Bach's C-Dur Fuge repetieren, und es sind wohl meine Zwänge, die mir die Tage so komprimieren.

Bald schon hatte Buz uns so rührend einen Carokaffee zubereitet, der buzgemäß ganz ungewöhnlich köstlich schmeckte, da Buz ihn ein wenig mit Meersalz und Pfeffer verfeinert hatte.

„Mein Papa ist ein Kochgenie!" sagte ich zärtlich - doch diese verborgene Gabe Buzens ist nur wenigen Menschen bewusst, und niemand schenkte mir Gehör.

Hierzu wurden persische Leckerli gereicht, die Rehlein in einem orientalischen Laden gekauft hatte. Hm, dies schmeckte!

Beim Weiterproben bekam ich schlechte Laune, wie ein pubertäres Mädchen, das lächerlicherweise den dümmlichen Ehrgeiz hat, die schlechte Laune auch noch zur Schau zu stellen!

Die Inka redete so viel – cellistengemäß lauter gänzlich uninteressantes Zeug, das gar keine rechte Haftkraft im Kopf finden möchte. Es leuchtete mir einfach nicht ein, daß man für ein Werk von 25 Minuten Länge den ganzen Tag lang proben muß. Dann aber dachte ich an die Jodelschnepfe Frau Hummels in Trossingen, der einst jegliches Licht aus ihrem dümmlichen Mädchengesicht wich, als Buz mal eine wohlwollend verpackte und sehr höfliche kritische Anmerkung zu ihrem Theaterstück gemacht hat: Daß es ⌈für den mageren Inhalt⌋ schlicht zu lang sei. (Das, was in eckigen Klammern zu lesen steht, hat Buz natürlich nicht gesagt, sondern bloß gedacht)

Rehlein wünschte sich zum Probenausklang, daß wir mal das Klarinettenquintett von Brahms durchspielen. Doch man merkte leider sehr, daß es nur vom Blatt gespielt war, denn beim Cello war fast jeder Ton falsch.
Das dämmrig feuchte Wetter draußen begeisterte mich.

Dienstag, 27. Oktober

Stürmisch und gischtig. Grünlich grau

„Draußen herrscht ein sooo tolles Wetter!" rief ich aus, „wie auf einem kostbaren chinesischen Rollbild!"
Buz war schon am Morgen in Aufruhr, weil wir doch am Abend das Klarinetten-Quintett vortragen wollten - und dies in einem riesengroßen Saal vor erlesenem Publikum (der Johannes a Lasco Bibliothek in Emden). Emsig machte er Fingeraufklappübungen, und als er dann an den Frühstückstisch trat, wedelte er mit einem Ausdruck des Bedenkens mit der Hand herum.

Zum Frühstück wünschte Buz sich die Bach CD mit Alois Kottmann, da im „Orchester" (einem Journal für Experten) zu lesen stand: „Niemand wird künftig an dieser Aufnehme vorbeigehen können." Doch Rehlein referierte schon nach drei Tönen darüber, wie ungut diese Interpretation sei, und unser Papa schloss sich ihrer harrschen Meinung an. Und so legten wir stattdessen eine neue CD ein, die uns der Onkel Andi gebrannt und geschickt hatte. („Iwan König übt Klavier"). Wir waren sehr stolz, da es sich anhörte, wie von einem großen Virtuosen um die Jahrhundertwende.

Für um elf Uhr hatten wir uns unsere Probengäste herbestellt.

Buz sagte: „Was kochen wir denn heute?"

„"Wir" ist gut!" höhnte Rehlein gutmütig.

„Ach so. Ich wollte sagen, WANN kochen wir heute?" korrigierte sich Buz zerknirscht.

Rehlein radelte sodann rasch auf den Markt, und Buz und ich kamen einfach nicht dazu, das Frühstück abzutragen, und als die Ilka kam sagte ich: „Wir sitzen noch am Frühstückstisch, weil wir uns noch nicht an die neue Zeit gewöhnt haben!" Dabei war´s damals noch eine Stunde später gewesen gewesen. (Zweimal „gewesen" - ein literarisches Unding).

Heute ging mir die Probe nicht mehr auf die Nerven. Aber das lag daran, daß ich eine viel positivere Einstellung zu den Dingen gewonnen hatte. Einmal überlegte ich mir sogar einen Spaß: Im

Trio I spielt die Klarinette gar nichts, und theoretisch könnte man doch ein Getue drum machen, wenn man die Partitur nicht kennt: Zum Beispiel „Zwei vor S!" zu zischen, so daß das Publikum glaubt, der Klarinettist habe den Faden verloren.

Mittags gabs bei uns nur eine Brotzeit, und die Herren ließen Rehlein nach altbewährter Art in der Küche schuften, während sie ihr Repertorium an Scherzeleien und Anekdötchen voreinander ausbreiteten.

Beim Essen sprach man allgemein darüber, wie schauderlich die Geiger in Groningen spielen, und über die Russen, die - so drastisch wurde es natürlich nicht ausgedrückt - wie Mistkäfer unter dem leckgewordenen eisernen Vorhang hervorgekrochen sind, und sich über die ganze Welt verteilt haben.

Von Herrn Heike war ein geradezu böhmertartig überschwengliche Antwort auf Rehleins netten Brief gekommen.

„Laß uns gemeinsam schöpferisch sein!" schrieb er schwärmend.

Am Nachmittag schickte ich mich zu einer Spritztour im wahrsten Sinne des Wortes an. Rehlein unterhielt mich aus dem Eßzimmer heraus noch so nett, während ich im Flur mit meinem Rucksäckchen bereits gesattelt dastand.

Rehlein erzählte auf ihre plastische Weise, in der der Lauschende mitten ins Geschehen hineingesogen wird, wie es ihr so imponiert habe, daß ihre Kusine Nikola mal so sehr auf den Tisch gehauen hat, daß die Gläser klirrten, weil sie es leid war, daß ihre Eltern sie wie ein unmündiges Kleinkind zu behandeln pflegten.

Die Spritztour war leider mehr als ungemütlich: Eine abscheuliche Odysée durch Wind und Wetter wurde draus. Mein Schirm bäumte sich gen Himmel und drohte mir davon zu fliegen. Und einmal bog er sich sogar nach außen!

Heikos Sekretätin Birgit* war heut allein im Büro. Ich war gekommen um zu kontrollieren, ob im vierten Satz der h-moll Partite wohl kein Schnitt mehr zu hören sei, und in der a-moll Sonate die eine Stelle nicht mehr eilt. Doch nach der Kontrolle hörte mein Wahnsyndrom leider auch nicht auf. Nun peinigte mich die Angst, die Birgit könne die CD´s verwechseln, so daß das falsche Ettiket draufgedruckt würde.

Rehlein hatte mir ein Tütchen Kokosraspeln für die Birgit mitgegeben, und die liebe, liebe Birgit, die uns Königs eine stille Verehrung entgegenbringt, freute sich so rührend darüber und sagte auf ihre freundlich bescheidene Art, daß sie mir unbedingt auch eine CD abkaufen möchte, sobald sie fertig sei.

„Nein, liebe Birgi! Die kriegst du auf jeden Fall geschenkt!" sagte ich warm.

*__Nachtrag 2024: Birgit liegt leider seit drei Jahren auf dem Gottesacker!__

Daheim durchdröhnte wildestes Geigen- und Klarinettengeübe unser Haus.

Beim Zusammenpacken fühlte ich wieder schmerzlichst mein Syndrom, und dann war auch noch mein Lippenstift abgängig. Beinahe wäre ich in Tränen ausgebrochen. Schließlich saßen wir im Auto, und ich fühlte mich die ganze Zeit angespannt, und dies, obwohl ich *wußte,* daß ich die lappenartigen, historischen Noten ganz sicher eingesteckt hatte. Und doch war ich mir nicht sicher, ob sie nachher, wenn ich den roten Rucksack öffne, auch wirklich drin wären.

Im Künstlerzimmer wenig später tastete ich meiner Art gemäß erstmal ein bißchen mit der Hand vor, als wenn davon der Schreck vielleicht ein wenig gedämpft würde. Dann aber gab´s doch noch einen leichten Vergessungsgau: Das textile Oberteil, das Rehlein extra für mich ausgesucht hatte, hatte ich in der Eile daheim liegen lassen, so daß ich auf das purpurne Kleid ausweichen mußte, von dem Buz doch so dringend abgeraten hatte. Es schmerzte mich ungeheuerlich, daß ich Buzens kleinen Wunsch nicht beherzigt hatte. Unfroh sagte ich zu Rehlein: „Der Pabba bringt mich um!"

Ich probte es schon vor, wie ich gleich sagen wollte: „Bitte sei nicht bös, liebster Papa! Schlage mich - dann fühle ich mich besser!" und diese Worte brachte ich wenig später auch an. Buz hat ein bedenkliches Getue jener Art drum gemacht, das Rehlein auf die Palme zu bringen pflegt, doch dadurch, daß ich so nett war, wurde der Palmenbrung etwas abgefedert.

Eine fein aussehende Dame lief herum und verteilte Long Drinks!

„Die Dame hat nur mir etwas angeboten, weil ich so vornehm ausschaue!" sagte ich wenig später.

Der Abend konnte beginnen:

Die Moderation übernahm Herr Weber der, seinen eigenen Worten zufolge, nicht eben ein Spezialist für klassische Musik sei, wie man gleich darauf eigenohrig hören konnte: „Herr Professor König und – äh - das Lambertiquartett werden das - äh - besorgen." Im weiteren Verlauf der Rede nannte er Buzen gar „Herr Professor Lamberti", so daß ein Schmunzeln die Runde machte.

Nach jedem Satz durften wir uns an Tisch 14 setzen, und es wurde ein Gang von einer engelsgleichen Herde an Kellnern serviert. Angenehm dezent trug man die Speisen auf. An jedem Gedeck standen gleich drei Weingläser pro Person, um die äußerst geschmack- und kunstvoll gefaltete Serviette herum. So richtig geschmeckt hat mir allerdings nur der erste Gang: Lachs und Krabben. Dann wurde eine cremige Suppe aufgetragen. Von Gang zu Gang wurden wir vergnügter. Rehlein sah so schön aus, und ich liebte meine Eltern glühend und leidenschaftlichst.

Der dritte Gang schmeckte mir nicht so: Ein Lammhaxerl. „Das war das Lamm Berti!" glückte mir ein Scherz, der dröhnend belacht wurde.

Mittwoch, 28. Oktober

Sagenhafter Sturm,
der die Wetterlage herumpustete,
wie´s ihm grad behagte

Traum:
Ich hatte Opa und Mobbl besucht und mußte nun wieder nach Hause reisen. Aber als die bestellte Taxifahrerin vorfuhr, hatte ich noch nicht einmal begonnen zu packen! Jede Warteminute wurde berechnet und es brach ein Packchaos aus. Schließlich saß ich im Auto und bat die Taxifahrerin, einen kleinen Umweg zu fahren: Ich wollte das Oberteil von einem siamesischen Textil abtrennen lassen, und so galt es, eine Änderungsschneiderei aufzusuchen. Dort war es warm und beleuchtet. Der Taxifahrerin reichte ich Opas „Alternative Bibel" zum Zeitvertreib, und bat sie so lieb ich nur konnte, auf das Wartegeld zu verzichten. Ich sei leider arm!

Dann verschwand ich in der Änderungsschneiderei, doch das Gewand gefiel mir nicht. Als ich schüchtern frug, ob es wohl sehr unverschämt sei, wenn ich es nicht nähme, ließ der Verkäuferin durchsickern, daß dies nun leider nicht mehr möglich sei. Ich betrachtete mich im Spiegel und konnte mir gar nicht vorstellen, zu welcher Gelegenheit ich dies viel zu enge Kleidungsstück wohl mal tragen könne. Schließlich zog ich das andere Teil dazu an und bemerkte, daß zwei reizvoll an weißen Strapsen befestigte Strümpfe offenbar im Preis mit inbegriffen waren.

Im wahren Leben war Rehlein so entzückend zu mir!

Gegen 9:53 begannen wir uns um unser Familienoberhaupt zu sorgen. Buz war zum Joggen unterwegs und nicht wiedergekehrt. Draußen gischtete der Wirbelwind Winni, und das Wetter hatte sich eigentlich verbessert, denn manchmal waren alle Wolken auf einmal weggeblasen, so daß ein strahlend blauer Himmel zu sehen war, während überall noch die feuchten Regentropfen glitzerten.

Dann ist der süße Buz in seinem schmückenden blauen Trainingsanzug aber doch noch herbeigeradelt.

Zum Frühstück spielte Buz an einem Spiel herum, wo man Häuser und Figürchen ausstanzen musste, um sich etwas nach seinem Geschmack zusammenzubasteln. Rehlein war sehr überrascht: Nach einem Telefonat lief Buz ganz zielbewußt zu seinem Spiel zurück, und wenig später hatte er die Figuren so possierlich aufgestellt, daß sich ein richtiges kleines Kunstwerk präsentieren ließ.

„Ich bin begeistert!" rief Rehlein zärtlich und warm aus, da Rehlein sich immer so freut, wenn sich unser Familienoberhaupt auf kreative Weise mit etwas beschäftigt. Dann weiß sie wieder, warum sie Buz geheiratet hat: Weil sie sich Kinder mit künstlerischen Genen gewünscht hat.

Buzen schwebte heut ein schöner Ferientag vor.

Er wollte mir ein neues Kleid und einen neuen Mantel kaufen. „Ich kann das nicht mehr mit ansehen!" sagte er, doch Rehlein reagiert leider höchst empfindsam auf dererlei, und man kann nur drei Kreuze schlagen, daß kein Zwist ausgebrochen ist. In der Küche redete Rehlein reformfrauen*artig auf mich ein, und wieder „staunte" ich, *wie* sensibel Rehlein auf dererlei reagiert.

*Auf Art der Verkäuferin im Reformhaus Trossingen: Einer rotgesichtigen Dame, die ständig entrüstungstreibende Geschichten erzählte.

„Einmal hat er mich an den Rand des Selbstmords getrieben!" dramatisierte Rehlen. In Tokyo habe sich Rehlein nur aus jenem Grunde, weil sie Kinder hat, nicht vor den Zug geschmissen, weil Buz sie wegen ihrem Mäntelchen so fertig gemacht habe. Rehlein findet meinen schwarzen Mantel schön, und immer wenn er in der Garderobe hängt, dann weiß sie, daß ihr Kikalein im Hause ist, und fühlt sich glücklich, denn für Rehlein bin ich der wichtigste und kostbarste Mensch in ihrem Leben.

Ich hatte allerlei vor mit dem Tage, und begann, die Symphonie espagnole zu üben. (Einem musikalischen Bocksprung für junge, aufstrebende Geiger) Während der Arbeit liebäugelte ich mit der Idee, das Werk Buzen vorzuspielen, obwohl ich das Gefühl habe, Buz sei gar nicht so erpicht auf komplett vorgetragene Werke, und möchte am liebsten gleich mit Dödl-dööö-Übungen beginnen. Außerdem wappnete ich mich innerlich ein bißchen dagegen, Buz könne mich verbal streng am Ohr zupfen, so wie es einst seine Lehrer ungerechtfertigter Weise mit ihm betrieben haben. Somit spielte ich bloß Rehlein vor. Ins Musikzimmer flutete die Sonne und Rehlein stellte ihren Stuhl so hin, daß es aussah, wie ein Publikum in dem nur ein vereinzelter Zuhörer saß. Dies tat Rehlein, um mich an den Ernstfall zu gewöhnen. Das zündende Werk gelang mir sogar ganz gut, und hernach bestaunte Rehlein meine schnellen Fingerle und mein Gedächtnis. Den Rhythmus jedoch hatte Rehlein noch an so manch einer Stelle als zu windig empfunden, und dies, wo ich mir doch so eine Mühe mit den Triolen gemacht hatte. Ich holte sogar die Noten herbei, um Rehlein zu beweisen, daß ich Recht gehabt habe, doch Rehlein belehrte mich eines Besseren und sprach vom „Spanischen Element" – man höre heraus, daß ich mich mit dem Spanischen noch nie so recht befasst zu haben scheine. Rehlein geriet in Glut, weil sich die gefallenen Worte so klug ausnahmen, und repetierte sie mehrfach in variierter Form, so daß man sich hernach fühlen mußte, wie eine wabbelweiche Persönlichkeit, die ihre ersten linkischen Gehversuche mit dem Spanischen hinter sich gebracht hat.

„Ich kenne nur ganz lahme Spanier und hab immer gemeint, der Ausdruck „feuriger Spanier" sei ironisch gemeint, wie beispielsweise „Bratschenvirtuose" oder aber „der Wonnemonat Mai", wenn es fast immer regnet. Jetzt aber hast Du mich eines Besseren belehrt!" sagte ich fast feierlich im Tonfall. Ich war sehr froh und dankbar über Rehleins pädagogischen Anstoß, denn allzu oft interpretiert man etwas fehl und bildet sich doch ein „der Größte" zu sein.

Oben hörte sich das Schreibmaschinengetippe in Mings Zimmer ganz anders an als sonst: Es war Buz, der übte. Vor lauter Eifer, die richtigen Tasten zu erwischen hatte er gar nicht bemerkt, daß er bereits über das Blatt hinausgetippt hatte.

Mittags hat's bei uns eine Brotzeit und einen großen Topf mit Möhrengemüse gegeben.

Zum Essen schauten wir „Ehen vor Gericht": Vogts gegen Vogts. Ein Ehepaar, das sich wegen seiner 15-jährigen Tochter Lara, einem sog. „dummen Ding" mit lila gefärbtem Haar, verzwistet hatte. Der Vater wollte seine zutiefst mißratene Tochter in ein Internat umtopfen.

Der Himmel sah so atemberaubend aus: Tiefblau, und an einer Stelle eine imposante Kumuluswolke - arielweiß! Und an anderer Stelle dunkelgrünlich-seidenmatt und stürmisch zerfleddert.

Ich joggte durch das wilde und doch so erfüllende Wetter, und Rehlein folgte mir mit dem Radl, um auf mich aufzupassen. Buz lag derweil zusammengerollt auf seinem Bett und las „Die kleine Sampan", einen bewegenden chinesischen Roman.

Auf dem Heimweg wurden wir nassgesprüht. Neben der Schaukel auf dem Kinderspielplatz hatte sich ein See gebildet. Ein kleiner Junge watete so tief hinein, bis das Wasser in Form eines kleinen Wasserfalls in seine Gummistiefel hineinschwappte.

Daheim mußte man sich schon wieder Sorgen um Buz machen, der verschwunden war. Doch dann kehrte er stolz aus der Stadt zurück, wo er sich im Modehaus Silomon neu eingekleidet hatte. Rehlein hakte gleich nach, was er wohl mit seiner alten Hose gemacht habe, und ob er wohl aufgepasst hatte, daß beim Aussteigen kein Geld aus den Taschen gehupft ist.

„Die alte Hos hat der Papa in Zahlung gegeben!" riss ich einen albernen kleinen Scherz, an den man weiter anknüpfen konnte. Wenn Buz in Trossingen mit seiner neuen Hose auftaucht, dann sagen die Kollegen: „Wo haben Sie denn ihre alte Hose gelassen?" und Buz könnte antworten: „Die ist nicht mehr durch den TÜV gekommen und musste geschreddert werden!"

Zur Teestunde hat Rehlein uns Honigkuchen mit Butter beschmiert. Dazu, wie auch zum Abendessen, schauten wir das Drama „Vogt gegen Vogt" weiter.

Freitag, 29. Oktober
Aurich - Grebenstein

Stürmisch, imposant.
Hie und da intensivster leuchtender Herbst

In der Nacht hatte man zuweilen das Gefühl, es könne sich ein interessantes Gewitter zusammenbrauen: In der Ferne vernahm man ein unheilvolles Knurren.

Im Traume war ich, wie schon so oft, *„unterwegs".* *In einem grünlichen Tümpel badeten wie auf einem Gemälde von Breughel unzählige verschiedene Temperamente. Ein bitterböses rumänisches Mädchen war auch dabei, tauchte und* *zog die Menschen an den Füßen in die Tiefe, so daß sie laut prusten und nach Luft ringen mussten.* An einer Stelle erkannte ich den dicken Ovidiu; hatte jedoch keine Lust auf seine ewig gleichen Sprüche, wie beispielsweise „Waaann kommt Paaapa?" (aus dem wahren Leben. Immer das Gleiche...) *und so hurtelte ich hinweg und verschwand in einem wartenden Kurzzug auf dem Bahnhof, ohne mich zuvor kund getan zu haben, wo der wohl hinzufahren gedachte. Aber der Ovidiu hatte mich gesehen und folgte mir, und somit war ich gezwungen, überrascht und erfreut zu tun und mich mit ihm zu bebusseln. Er machte eine schmähende Bemerkung über das böse Mädchen, das nur auf der Welt schien, um Unheil anzurichten. Leichen pflastern ihren Weg, erfuhr ich zu meiner Bestürzung, und erst vor kurzem sei es ihr gelungen aus dem rumänischen Staatsgefängnis in Bukarest zu flüchten. Dann bot mir der Ovidiu ein Stück Marmorkuchen an. Diäteshalber lehnte ich ab* - und dabei war´s doch nur ein Traum!

Mitten im Kurzzug stand ein Klosett. Nur noch ein vereinzeltes Blatt Klopapier bappte auf schlappe Weise an der Papprolle daneben. Auf der Klobrille saß der berühmte Organist Paul Jordan, den wir im wahren Leben eine Weile lang als Hausgast beherbergt haben.

Paul J. schrieb einen Brief, während er seine Notdurft verrichtete.

„Ich bin da ganz unkompliziert!" verriet er und ich fand es sehr imponierlich, daß man auch den Klogang mit sinnvollen Tätigkeiten kombiniert.

Am Morgen hatte ich eine solche Mühe mich zu erheben. Kurz bevor ich dann doch aufstand, stellte ich mir noch eine irritierende Unverschämtheit vor:

Jemand hält eine Rede, und ein anderer setzt sich in die erste Reihe und klappt zu den Worten nach Art eines stumpfsinnigen Karpfens den Mund auf und zu.

Beim Frühstück sprach Rehlein davon, daß sie sich später mit Buzen in einem Altersheim, oder besser noch einer Seniorenresidenz, einmieten möchte, weil sie ein Leben, wie Mobbl es derzeit mit dem Opa führt, einfach nicht ertragen könnte. Daß sich überall Müllberge bilden!

„Ich hab meine Müllberge wenigstens nur außen - du hast Deine innen!" spöttelte Buz unreif.

Dann ist Buz zum Supermarkt gefahren, um Mineralwasser zu kaufen und brachte Rehlein zum Abschied netterweise eine Packung Toffifee mit.

„Ich liebe dich!" sagte Buz.

Mitten in diese schönen Worte hinein, die noch besser schmecken als jedes Toffifee, schellte es an der Türe. Draußen stand der kleine Tino, der in Süddeutschland eine Auslandswoche absolvieren soll - in meiner Wohnung. Er sei ein ganz stiller, lieber junger Mensch, der sich sehr gut mit sich selber beschäftigen kann und so gut wie keine Mühe macht, so heißt es.

Der Abschied von Rehlein war so unglaublich herzlich. Gottseidank gehöre ich nicht zu jenen Leuten, die die engsten Verwandten augenblicklich vergessen, sobald jemand anderes die Aufmerksamkeit auf sich zieht. Und so busselte ich immer wieder auf Rehlein ein und nahm den Gast nur am Rande wahr.

Beim Abschied wird mir immer unerhört schwer ums Herz; man fühlt den Impuls in letzter Sekunde aus dem anfahrenden Fahrzeug zu springen, um sich unter Rehleins bergenden Fittichen zu verkriechen und nie mehr hervorzukommen. Als wir wendeten, sah man Rehlein in stürmischem Sprühregen dastehen und dennoch schien die Sonne!

Ich hatte so gehofft, daß der kleine Tino eine mitreißende Persönlichkeit ist, die frischen Schwung in mein Leben bringt, aber der Tino ist sehr still und zurückhaltend - grad so wie die Mireille. Als er hinter uns im Auto saß, bemerkte man ihn gar nicht und vergaß ihn bald.

Wir fuhren noch kurz zu Tinos Mutti, einer leicht verruchten Dame mit einer dreckigen Lache. Ich frug, wann der kleine Tino abends ins Bett müsse, und Tinos Mutti sagte mit ihrer rauchigen Stimme: „Was ich nicht weiß, macht mich nicht heiß!"

Und so begann unsere Reise nach Grebenstein.

Die erste Rast absolvierten wir an der Thülsfelder Talsperre. Wieder schien die Sonne und gleichzeitig wütete ein Sturm. Buz lehnte sich schräg in den Wind, um den Knaben zu erheitern. Der See hatte sich in ein tosendes Meer mit kräuselnden Wogen verwandelt, und ganze Teile jenes Wäldchens, in dem wir im Sommer herumspaziert sind, standen unter eiskaltem Wasser.

Um uns aufzuwärmen besuchten wir eine rustikale Gaststätte und saßen dort in gleißendem Sonnenschein. Buz entfaltete die Bild-Zeitung und wir erfuhren, daß Monica Lewinsky zur Zeit nicht zu beneiden sei: Mehr als dreißig Pfund habe die ohnehin Mollerte zugenommen, weil sie aus Kummer so viel genascht hat. Millionen Bildleser konnten einen Blick auf ihre massigen und fleischigen Beine werfen, mit denen zur Zeit wohl kaum noch ein Präsident zu erotisieren wäre.

Wir fuhren weiter durch imposante Wetterlagen. Als wir durch Vechta fuhren, strahlte der goldene Herbst und ich mußte an die Jugendjustizvollzugsanstalt denken, die dort rumsteht. Interessiert überlegte ich, wie das wohl so sei, drei Jahre lang in Vechta festzusitzen?

Zuweilen fuhren wir in düstere Wolkengebilde hinein und lauschten dazu gebannt der Kassette mit Mings Klavierabend aus dem Jahre 1995 in Jacksonville.

Zur Nachmittagsstund besuchten wir ein Caféhaus in einem entlegenen Ort mit Martin-Luther-Kirche; einem Bau, den es in Deutschland multipel zu geben scheint.

Kurz bevor wir ausstiegen, durchwehte ein süßlicher Furz unser Auto, und ich hatte den kleinen Tino im Verdacht, weil es so nach zartem Rosenpopo duftete. Wieder tat sich ein Problem auf, an das ich zuvor nicht gedacht hatte: Was, wenn der charakterlich noch ungefestigte Tino mir nach Art von Buzens Schüler Gunter H. mein Dachgebälk vollfurzt? Sagt man aus falsch verstandener Höflichkeit nichts, so fasst der Furzer frischen Mut!

Im Caféhaus las der süße Buz dem kleinen Tino die ganze Speiskarte vor, doch der kleine Tino - von genügsamem Wesen - hat nichts haben wollen.

Auf der Weiterfahrt hörten wir die Harzreise von Heine. Ich schloß die Augen und mußte hie und da schmunzeln. Buz hingegen mußte wegen seiner schnittigen Fahrweise gelegentlich eine Vollbremsung machen. Anders als Rehlein an meiner Statt nahm ich dies jedoch stets gelassen hin.

Endlich waren wir daheim in Grebenstein:

Hinter der regenperligen Hecke leuchtete Omas Wohnzimmer heimelig im Schein der Lampe, und ich verspürte Lampenfieber, wie die Oma wohl auf den Zusatzgast reagiert. Buz stellt die Oma in dieser Hinsicht gern vor vollendete Tatsachen, da er keine Lust auf Abwiegelungen und Jeremiaden verspürt, die ihm die Gastesfröhe wieder austreiben sollen. Aber das Muffensausen erwies sich im Nachhinein als unnötig. Die Oma war ganz bezaubernd, und es wurde richtig gemütlich. Ich bereitete uns einen bekömmlichen Kräutertee zu.

In der Zeitung konnte man von einer alten Dame lesen, die heute hundert Jahre alt wird.

„Das schaffst du doch locker!" gab Buz sich unbekümmert, und die Oma reckte ihre welken

Ärmchen in die Höhe und sagte ein ums andere mal: „Lieber Gott! Ach Gottachgottachgott!"

Einmal beehrte uns Omi Cionczyk, die hie und da aus dem Hause gescheucht wird, weil ihre Tochter Helga sie zuweilen einfach nicht mehr ertragen kann: Tagein tagaus die gleichen Geschichten, die einem bereits aus den Ohren herauszuquellen drohen. Die Oma aber blühte heut auf der A-Seite und machte Frau Cionczyk ein Kompliment. „Lobe sie nicht!" sagte Buz, „sonst wird sie noch ganz rot, und passt farblich nicht mehr zu ihren rosa Pullover!"

Bedingt durch Tinos Jugend sprachen wir ein bißchen über die Schule.

„Mir ist vor Verlegenheit immer ganz heiß geworden, wenn ich aufgerufen wurde!" erinnerte ich mich.

Der Tino sollte heut bei der gastfreundlichen Pfarrfamilie Lilie nächtigen, und so brachte Buz ihn hin. Dort schloss der scheue Jüngling gleich Freundschaft mit dem dicken Kater „Oberon", der sich bereits an der Türe von Buzen, einem ihm doch gänzlich fremden Herrn, das Haupt tätscheln ließ.

Dann wurden wir vom Hausherrn, Herrn Lilie, freundlich willkommen geheißen. Ich mag diesen Herrn so gern, da sich in seinen Zügen ein feiner und leiser Humor niedergelassen hat. Zum Schluß stieß noch seine Frau hinzu, die morgen eine Beerdigung moderieren muß.

Nun galt´s, die letzten Finessen darüber zu besprechen.

Freitag, 30. Oktober

Stürmisch variierend:
Morgens Regen.
Mittags in Würzburg tiefblauer Himmel,
der jedoch nicht von Dauer war.
Wie die langen Finger einer bösen Hexe,
die den Menschen den goldenen Herbst stehlen will,
krochen längliche Wolkenausläufer herbei
und sammelten den Oktoberglanz
unbarmherzig wieder ein.
Kurz vor Trossingen tobte ein leichter Schneesturm

Ob die Lilies wohl erfreut sind über diesen sonderbaren Gast? Die Oma findet ihn sehr nett und nennt ihn abwechselnd „den guten Jungen" oder „den armen Jungen".

Buz ist schon bald aufgebrochen um den Knaben und ein paar Brötchen zu holen und blieb so lange aushäusig, bis die Oma ganz nervös und sogar ärgerlich wurde.

„Wenn er in zehn Minuten immer noch nicht da ist, so rufe ich die Schandarmerie in Hofgeismar an!" gelobte ich.

Im Fernsehen lief eine Reportage über den Selbstmord von Christian Kauner.

Mit den Kollegen war Christian K. einfach nicht kompatibel, und einmal lag er, in eine Depression gehüllt, gekrümmt auf dem Bett. Seine Mutti sagte Dinge wie: „Du weißt, daß du mit allem zu mir kommen kannst?" Doch die warmen und anteilnehmenden mütterlichen Worte habe nichts genützt. Man sah, wie Christian K. sich trübsinnig auf dem Weihnachtsmarkt bewegte. Die Gesichter um ihn herum, zeigten sich ihm als starre Masken, die ihm fremd und feindlich gesinnt waren. Eines Tages bewegte er sich auf Dächern herum und schließlich löste er seine Füße vom Dach und somit auch vom Irdischen... doch die Oma sah es nicht gern, daß ich fernschaue und wollte, daß ich stattdessen ein wenig herumräume. Ich machte Omas Bett fast so schön, wie es die Frau Reimich immer hinfaltet und kunstvoll zurechtformt. Währenddessen hörte man den Schlüssel im Schloß; Buz brachte unseren Frühstücksgast, den kleinen Tino mit in die Stube. Wir setzten uns zum Frühstück nieder und erfuhren, daß Tinos Mutti - grad so wie die Oma - drei Söhne und eine Tochter habe. Die Oma zeigte sich bei diesem Thema sehr interessiert und frug den Tino, ob bei ihnen auch das liebe Mädchen die Stube aufräume und den Abwasch täte? Doch Tinos Schwester sei noch zu klein, und verstünde sich noch nicht so recht auf das Haushaltliche. Aber wenn man sie frägt, wie alt sie sei, so reckt sie stolz drei Finger in die Höh!

Um halb elf fuhren wir los. Die Reise nach Trossingen fraß den ganzen Tag. Der Tino saß wieder die ganze Zeit stumm hinten.

Dreimal legten wir eine Rast ein:

Bei McDonalds aßen wir zu Mittag und kurz zuvor hatte auch schon wieder ein zarter, so doch schwerüberriechbarer Dinkelfurz* unser Auto durchzogen.

*Nach den legendären Fürzen von Buzens Schüler Gunter H. benannt, der sich äußerst gesund aus dem Bioladen zu ernähren pflegte

In der Raststätte aßen die Herren je eine Erbsensuppe mit Wurstzipfeln. Ich wiederum aß einen kleinen Salat, und zum Nachtisch gab´s Florentiner Eis und einen warmen Kuchen. Ein bißchen fühlte ich mich wie eine junge Ehefrau, die gezwungen ist, einige Tage mit dem halbwüchsigen Sohn ihres Mannes aus erster Ehe zu verbringen. Natürlich möchte man keine typische reife Frau sein und ringt sich hie und da ein Lächeln ab. Doch auch wenn, oder vielleicht sogar *weil* der Tino so still ist wie ein Geist, kann ich es kaum erwarten, endlich wieder meine Ruhe zu haben.

Zur Mittagsstund trafen wir in Würzburg ein. Zunächst war der Himmel über der Burg ganz blau. Ich dachte über den kleinen Tino nach und überlegte, wie ich ihn wohl der Linda in meinem Freitagsabo beschreiben solle? Ein kleiner Junge mit artig gestutzter, leicht gewellter Knabenfrisur - jünger aussehend als seine dreizehn Jahre - und nur die mit einem Zwicker geschmückte lange Nase und die großen Füße sind schon ein bißchen vorausgewachsen. „Ob vielleicht der junge Hellwig* so ausgesehen haben mag?" mutmaßte ich, während wir auf dem prächtigen Burggelände spazieren gingen.

*Mings Klavierlehrer in Berlin. Ein Mann mit dem lustigen Spitznamen „der Hagelhans", weil er meist so wirkte, als sei ihm die Suppe verhagelt. Rehlein hat ihm aber noch einen anderen Spitznamen verpasst: Hellwig the Pellwich (Elvis the Pelvis) (dies nur wegen dem Reim)

Am Himmel spielte sich ein Kampf zwischen gut und böse ab. Noch leuchtete der goldene Herbst, doch schwarze Wolken zwängten sich drohend in den Mittelpunkt. Wir setzten uns in eine große Schankstube und tranken Kakao und Cappuccino. Ich warf die Frage auf, warum die Schule eines Tages wohl plötzlich aufhört? Wäre es nicht ratsamer, immer weiter in die Schule zu gehen? Buz wäre nun in der 54. Klasse und langsam gingen den Lehrern die Themen aus.

Nein! Eines Tages - noch bevor den Lehrern die Themen ausgehen - müsse man sich auf eigene Füße stellen, wußten die Herren.

Buz erzählte von der privaten Musikschule, die er nach seiner Pensionierung in etwa sieben bis acht Jahren zu erbauen gedenkt. Zunächst bräuche man einen Architekten, der einen Bauplan erstellt, und hernach müsse man sich eine Fläche dafür suchen. Oder umgekehrt?

Die dritte und letzte Rast legten wir in nieseligem Dämmer in einem Rasthof nahe Sindelfingen ein, weil ein Stau drohte. Dort saßen wir sehr behaglich auf einem schlangenförmigen Designersofa und aßen je ein kleines Möwenpick-Eis. Gegen Ende des Dasitzens erzählte Buz von Juli Lang, einer Dame, in die er einst verliebt war. Juli Lang starb an gebrochenem Herzen, weil ihr Lebensweg von Pech und Unglück gesäumt war.

Schließlich fuhren wir durch die Dunkelheit nach Hause. Buz erzählte enttäuscht, daß sein Schüler und Jünger Franz, der nun in Stuttgart studiert, wieder ganz staksig und hinzu mit hoher Stütze spiele. Aber Buz ist müde davon geworden und habe nichts gesagt.

In den Nachrichten wurden stündlich Schauermeldungen über die Wetterlage verkündet. In Baden-Baden war wegen der vielen Regengüsse Katastrophenalarm ausgerufen worden, und auch in Mainz richtet man sich auf Hochwasser ein. Tatsächlich begann auch bei uns schon bald ein Wirbelgeschnei. Wie millionen und abermillionen Silberfischchen tobten Schneeflocken durch die Lüfte. Zuweilen schien es gar, als sei unser Auto stehengeblieben und nur die Straße ruckele weiter. Dennoch kamen wir bald darauf gut zuhause an.

Von Frau Kettler war eine Urlaubskarte aus Dänemark gekommen, doch ich empfand sie als schütter und banal. In einer weitmaschigen Schrift hatte sie Grüße und Bewünschungen ohne jeglichen Tiefgang zusammengetragen, und schon war die Karte vollgeschrieben. Wenn man da an die wunderschönen Postkarten vom Opa denkt! Der Opa schrieb sie mit einer zierlichen raumsparenden Schrift ganz voll, und weil es noch so viel zu erzählen gab, schob er gleich noch drei bis vier Karten nach, so daß man dem Briefkasten freudig eine nummerierte Kartenansammlung entnehmen durfte. Ich beschloß, Frau

Kettler von meiner Freundschaftsliste zu streichen und nie wieder anzurufen. Mit einer an Sicherheit nicht mehr zu überbietenden Wahrscheinlichkeit würde sie sich von alleine NIE wieder melden. Mir sind diese Bekanntschaften schlicht zu armselig.

Nachtrag 2024: Und genau so kam´s!

Auf meinen schönen dichterisch formulierten und aussagekräftigen Brief antwortete sie mit einer Karte, die maximal 25 Sekunden in Anspruch genommen haben dürfte. Uninteressant und mich an Frau Leonskaja erinnernd.

Frau Leonskaja hatte einen rußlanddeutschen Verehrer namens Alexander, der ihr einen langen Brief geschrieben hatte, an dem er Stunden um Stunden herumgefeilt haben dürfte, bis ihm alle Formulierungen stimmig erschienen waren. Eingebettet in feinste Wortverwebungen barg er die Frage, ob es wohl ratsam wäre, ihren Meiserterkurs zu besuchen? Frau Leonskaja antwortete mit einer Postkarte worauf ein Flugzeug abgebildet war, womit zu vermuten wäre, daß es sich um eine Gratispostkarte aus dem Flugzeug handelte. „Lieber Alexander! Kommen Sie oder kommen Sie nicht. Mir ist es vollkommen egal. L. Leonskaja."

Der Alexander las die Karte drei oder viermal - immer in der Hoffnung, irgendetwas Wichtiges überlesen zu haben. Doch sie klang immer gleich dünngeistig.

Angeblich habe Herr Reimer zu Frau Kettler gesagt, sie sei freundschaftsunfähig. Womöglich hatte er in diesem Punkt recht, überlegte ich.

Samstag, 31. Oktober

Nieselnd

Im Traume *war ich in herber Wetterlage mit dem Opa im Wald spazieren. In Moos gebettet lag ein ganz langes, gewundenes Pfädchen vor uns. So schlank, daß man nicht nebeneinader herlaufen konnte, und dem Opa müssen die Worte doch immer mitten ins Ohr hineinposaunt werden, damit er sie versteht. Plötzlich war der Opa ganz weit hinten, weil ich nicht an die Worte von Erich Kästner gedacht hatte: daß ein alter Mann doch kein Schnellzug sei! Ohne es beabsichtigt zu haben, war ich ihm so weit vorausgeeilt, daß er auf Pünktchengröße zusammengeschnurrt war, wie ich bemerken musste, als ich mich nach ihm umbog.*
Dann wiederum fühlte ich auf beklemmende Weise meine Einsamkeit. An einem sehr kalten blassen Tag verließ ich das Haus, um Ming zu suchen, der in die Stadt entwichen war. (Einem Vorort von Grebenstein). Das Wetter sah putzig aus: Lauter eisgraue Wolkengebilde in den Lüften - geformt wie Buchstaben. Ich lief und lief, bis ich endlich auf dem Marktplatz angekommen war. Dort flanierte Ming in Begleitung einer Dame, die er offenbar frisch kennengelernt hatte. Ming grüßte nur kurz im Vorübergehen, da er jetzt Anderes im Kopf hatte. Doch kurz nachdem er im Vorüber- gehen kurz gegrüßt hatte, kehrte er nochmals um und bat mich, sein Cello nach seinem Auszug nicht dem Sperrmüll zu überantworten. Man möge es doch bitte so lang in seiner Wohnung stehen lassen, bis es abgeholt würde. „Du bleibst doch noch bis zum Begräbnis von der Dorothea?" hakte er

nach. (Im Traum ein sinnvoller Satz - im wahren Leben ein Mysterium, denn wer sollte denn die Dorothea sein?)

Als ich mich am Morgen erhob, plagte mich ein Zipperlein, an das ich zuvor nie gedacht hatte: Meine eine Ferse war rissig geworden und fühlte sich beim Laufen an, wie die faul gewordene, grünbestäubte Stelle einer Orange in einer Obstschale, die nie zur Hand genommen worden war.

„Was möchtest du denn gerne frühstücken?" frug ich den kleinen Tino im ermunternden Tonfall einer Kindergärtnerin. Aber der kleine Tino ist viel zu lieb und schüchtern, um eine eindeutig verwertbare Antwort zu geben. „Ganz egal!"

„Dann solltest Du die schwäbischen „Seelen" kennenlernen!" sagte ich nett über ein längliches Gebäckstück, das so köstlich ist, daß es sich dafür lohnen täte, in den Süden auszuwandern. Ich entschwand zum einkaufen und blieb sehr lange weg, da es so viel zu bedenken gab. Zum Beispiel das Brot, das die Oma uns geschenkt hat, in der Bäckerei in Scheiben rütteln zu lassen. („Normal machöt mir dös net!" Normalerweise machen wir das nicht)

Ich besuchte den Kollonialwarenladen und kaufte der netten Dame etwas Milch ab, weil ich mir dachte „Ein 13-jähriger befindet sich noch im Wachstum - da sollte man Milch im Hause haben!"

Beim Einkaufen fühlte ich mich gelangweilt und ungeduldig.

Das Frühstück daheim war mir ebenfalls ein wenig fad - zwischen uns herrschte nur Verlegenheit, denn was soll man als reife Frau mit einem Dreizehnjährigen schon groß reden?

„Welchen Beruf willst du mal ergreifen?"

„Weiß noch nicht!"

„Ich würde empfehlen, den ehrwürdigen Beruf eines Pastoren zu ergreifen!"

„Höhö" (so halt)

Nach dem Frühstück lieferte ich den kleinen Tino als Hospitant in Buzens Unterrichtszimmer ab, wo bereits zwei mir unbekannte, wissbegierige Asiaten herumstanden. Buz gelobte, auch bei den anderen Professoren ein wenig auf den Busch zu klopfen, ob der Tino bei ihnen ein bißchen hospitieren dürfe?

Gutmütig wie ich bin, habe ich zu Mittag gekocht: Noch während ich übte, rösteten sich die Zwiebeln im Wok ganz von allein. Es gab Hirsebrei mit französischem Tiefkühlgemüse und einen Möhrensalat mit einer Neuentdeckung verfeinert: Orangen-Karotten-Joghurt.(Köstlich!)

Beim Mittagessen ist der kleine Tino ein wenig aufgetaut und erzählte, wie er im Duospiel mit seinem Freund Andreas bei einer Hochzeit 50 Mark verdient hat. „Donnerwetter! Was man mit solch einer saftigen Summe alles anstellen kann!" sagte ich.

Buz erzählte, daß seine Schülerin Swaantje unter die Haube gebracht worden ist. Es handelt sich dabei um die Stieftochter von Rehleins Kollegen Herrn Skowronnek, wegen der der Skowronnek die Mutter von der Swaantje überhaupt erst geheiratet hat. (Ein berühmte Roman von Nabokow habe ihn auf die Idee gebracht). Seitdem läuft der liebestrunkene Kollege wie sieben Tage Regen durch die Flure, und niemand kann ihn mehr aufmuntern. Tag und Nacht sinnt er darüber nach, wie er seinen Rivalen loswerden könnte, und schreckt bei seinen grimmigen Überlegungen auch vor Mord nicht zurück.

Ich stellte mir vor, *wie Herr Skowronnek nach Tinos geigerischen Bemühungen auf der Hochzeit sagt: „War wohl nichts. Sind 25 Mark ok für dich?" und den Preis auf boshafte Weise hinabhandelt, auch wenn der kleine Tino ganz bezaubernd gespielt hat.* Dann warf ich die Frage auf, bei wem der Tino wohl weiterzustudieren gedenkt, wenn Rehlein dereinst in Pangsion gegangen ist? (Ich sagte „Pangsion", wie eine vornehme reife Dame, die ich in Tinos Sinnen womöglich auch bin)

„Beim Seybold!" ulkte Buz.

„Nein, auf keinen Fall!" sagte der kleine Tino eifrig, weil er von Rehlein bereits gelernt hat, daß der nichts tauge.

Das Gejogge durchs Geniesel tat mir gut. Matschig eingeweicht lag überall das Herbstlaub umeinander.

Am Abend rief mich die Hilde aus Wahlwies an. Sie habe meinen vergessenen Schirm dabei und würde auf dem Heimweg kurz in Trossingen vorbeischauen.

Ich eilte rasch in die Hochschule, um Buz vorzuwarnen, da Buz einer Begegnung mit der Hilde seelisch derzeit nicht gewachsen ist. Als ich ankam, war Buz überraschenderweise ganz allein im Zimmer und übte endlich mal etwas Seriöses: Mozarts D-Dur Konzert KV218. Durch die unglückliche Liaison mit der Hilde hat Buz so viel kostbare Übzeit verloren, die es nun nachzuholen gilt, wenn er weiterhin zur Weltspitze gehören will.

Auf meine Worte hin hat sich Buz tatsächlich den ganzen Abend lang nicht blicken lassen. Ich machte mir die größten Sorgen, sein Auto könne geraubt worden sein, weil es plötzlich nicht mehr auf der Straße zu sehen war.

Dann kam die Hilde in einer neuen, burschikosen Kurzhaarfrisur, und war sehr warmherzig gestimmt. Auf Studentenbudenebene saßen wir in meinem hinteren Zimmer. Viel hatten wir uns nicht zu sagen, aber das wenige war sehr nett, und vorallem verabschiedete sich die Hilde so herzlich von mir. (Mit drei Küssen). Dann erklärte sie sich gar bereit, eine Ehrenrunde zum „Milano" zu drehen, um nach Buzens Auto Ausschau zu halten.

Buz war aber offenbar mit dem Auto hinweggefahren, auf daß die Hilde nichts, aber auch gar nichts, von ihm zu sehen bekäme.

Rehlein erzählte mir am Telefon, daß der Onkel Eberhard krank sei, und dies tat uns sooo leid!

„Sicherlich seelisch bedingt!" meinte Rehlein mitfühlend. Und ich wiederum erzählte von dem verschwundenen Auto. Aber die Sorgen um Buz zwängten alle anderen Sorgen an die Wand. Wenn Buz nur heil wieder nach Hause käme, so wär´s uns völlig wurscht, was mit dem Auto passiert ist.

Buz ist dann zu später Stund doch noch zurückgekehrt und berichtete, daß er sich den Abend mit seiner Schülerin Marie-Hélène im „Bären" vertrieben habe. Wahrscheinlich hatte er Angst davor, daß sein Schweiß zurückträte, wenn er die Hilde nach so langer Zeit wiedersähe.
(So, wie es einst Tobias Knopp in der berühmten Knopp-Trilogie von Wilhelm Busch ergangen war, als er die liebliche Adele wiedersah)

Personenverzeichnis:

Ahrends, Herr, engagierter Herr in Ostfriesland (*um 1956)
Althapp, Herr, Klavierlehrer in Frankfurt (Geburtsjahr unbekannt)
Andi, Onkel mütterlicherseits in Blankenfelde (*1949)
Babette, (*1965), Omas Helferin
Bea, (*1943) Tante mütterlicherseits in Kalifornien
Beeken, Herr van, Klavierprofessor in Trossingen (*um 1934)
Binder, Herr und Frau, Otto & Inga (*1935 und 1944) Veterinärseheleute in Ofenbach aus Siebenbürgen
Birgit, (*1965) Sekretärin von unserem Freund Heiko in Aurich
Bloser, Herr, (*1947) mein Klavierlehrer in Trossingen
Bogath, Herr, mobiler Hausarzt in Ofenbach (*um 1953)
Böhmert, Erwin, schwärmerisch veranlagter Jünger vom Opa. (Geburtsjahr gänzlich unbelannt)
Cionczyk, Frau, Mutter einer Nachbarin in Grebenstein
Colette, (*1972) Studentin Buzens
Daaje, (*1994) älteste Tochter von Mings Exe Gerswind
Debbie, (*1953) Ehefrau von Onkel Dölein
Deblon, Herr, (*1952) Bibliothekar in der Musikhochschule Trossingen
Dieter S., (*um 1955) Korrepetitor der Musikhochschule Trossingen
Dölein, (*1936) Onkel mütterlicherseits in Amerika
Dolores, Cellistin in Wien
Eberhard, (*1947) Onkel väterlicherseits in Berlin
Esslinger-Oma, (1882-1960) Opas Mutti in Esslingen (wie ja der Name schon sagt)
Evchen, (*1959) ehemalige Kollegin von der Omi im Rechtsanwaltsbüro
Frank G. , Nachbar und Kabarettist in Trossingen
Franz, (*1968) Buzens treuester Jünger aus Taiwan

Fritzi, (*1971) Student Buzens
Gerlind, (*1964) Exe Mings
Gesine, Töchterlein von Mings Exe Gerlind
Hahmann, Herr und Frau, Celloprofessor (*1935) mit Gattin. Geburtsjahr unbekannt
Hartmut, (*1945) Onkel väterlicherseits in Münster
Hecker, Herr, Kirchenmusikus in Braunschweig. Geburtsjahr unbekannt
Heike, Herr (*1933) vielseitiger Herr, Professor, Komponist, Geigenbauer…
Heiko, (*1961) lieber Freund in Aurich
Herberger, Herr, (*1908) Komponist in Baden-Baden
Hilde, (*1964) Exe Buzens
Hinnerk, (*1962) Vetter in Bonn
Hummels, Frau, (*um 1960) Professorin für Tanz und Improvisation in Trossingen
Hussel, Frau, (*1947) Professorin für Aufführunspraxis in Trossingen
Ilslein (Ilse), (1913 – 1996) Opas Kusine in Ofenbach
Irene, (*1944) Rehleins Kusine dritten Grades in Ofenbach. (Die Großmütter waren Schwestern)
Irma, (*1937) Witwe von Opas Bruder Otto in Kiel
Inka, Cellistin mit Wurzeln in Ostfriesland (Geburtsjahr unbekannt)
Kettler, Frau, (*1947) Telefonfreundin aus Basel
Kleinberg, Herr, Fagottprofessor in Trossingen (Geburtsjahr unbekannt)
Köhler, Herr, preußischstämmiger Herr in Trossingen, der ein Taxiunternehmen gegründet hat.
Krögers, Dreiköpfige Familie in Rottweil mit einem komponierenden Söhnchen (dem „Rottweiler Mozart")
Kürscher-Quartett, von Buzen domptiertes Streichquartett
Kwazolla, Helga, Omis Nachbarin in Grebenstein
Lange, Ehepaar, Eheleute in Wolfenbüttel (*1930 und 1938)
Leonskaja, Frau, Pianistin aus Wien
Linda(lein), (*1973) älteste Tochter von unserer Tante Bea in Kalifornien

Lukeelen, Familie in Ofenbach
Luthard, Dr., Omas Hausarzt in Grebenstein
Margarethe, Cellistin in meinem Quartett (*1972)
Maria, rumänische Reinmachefee in Ofenbach
Marie-Helene, (*1979) Studentin Buzens
Matthias, der kleine, (*1980) Sproß der Familie Kröger in Rottweil. Ein komponierendes Wunderkind
Messners, Nachbarn im Tal, Trossingen (aus den Jahren 1987 – 1991) Damals je zwischen 60 und 70 Jahren alt
Mireille, (*1966) liebe Freundin aus Kindertagen in Frankfurt
Miriam, (*1967) Frau von unserem Vetter Hinnerk
Nikola, Rehleins Kusine (*1964)
Nonnenmacher, Violinprofessor in T.
Nora, (*1969) ehem. Studentin Buzens
Novakova, Frau, Korrepetitorin in der Musikhochschule in T.
Otto, Onkel, (1913 - 1997) Opas Bruder (Rehleins Lieblingsonkel)
Ovidiu, (*1962) rumänischer Kontrabassist
Rainer, (*1934) Rehleins Bruder in Toronto
Rasinger, Frau, (1936 – 1996) früh verstorbene Bauersfrau in Ofenbach
Reichmanns, (*1928/1930) altes Ehepaar, das ich in Trossingen beim Spaziergang am See kennengelernt habe
Reimers, Rektoreneheleute in Trossingen (*1941/1942)
Reimich, Frau, (*1958) Reinmachefee in Grebenstein
Rost, Herr, (*1963) Tonmeister in Trossingen
Ruth, Tante, (*1926) Ehefrau von Opas verstorbenem Bruder, dem Onkel Helmut (*1926 – 1995)
Saitos, Familie in Japan, die unsere Fantasie anheizte
Schröders, Vermieter und Nachbarn von der Omi in Grebenstein
Seybold, Herr, (*um 1945) Rehleins Chef
Silvia, (*1967) Ehefrau von Buzens Jünger „Franz"
Simone, Studentin Buzens (*1975)
Skowronnek, Lehrer in der Musikschule
Susanne (Suschen), (*1983) jüngste Tochter von meinem Onkel Hartmut in Münster

Tino, ein Geigenschüler Rehleins (*1985)
Uschilein, (*1946) Exe von unserem Onkel Eberhard
Uta (Utelchen), (*1936) Tante mütterlicherseits
Ute, Rehleins Lieblingskusine (*1955) Tochter des jüngst verstorbenen Onkel Helmut
Ute M., (*1963) liebe Freundin in Herrenberg, Baden Würtemberg
Wachtenberg, Frau, (*1951) Exe eine Klavierprofessors
Walter, (*1967) Bräutigam von Rehleins Lieblingskusine Ute
Weisser, Frau, (*1942) Sekretärin in der Musikhochschule
Veronika, (*1945) unsere beste Freundin in Nürnberg
Xie, (*1957) ehem. Kommilitone aus China. Sänger
Yossi, (*1947) Spezi Buzens. Bratscher und Genie

Milton Keynes UK
Ingram Content Group UK Ltd.
UKHW042237011124
450424UK00001BA/44

9 783769 301328